U0092805

英 文 不 難

（一）

齊　玉編著

三 民 書 局 印 行

國家圖書館出版品預行編目資料

英文不難(一)／齊　玉編著.--初版.
--臺北市：三民，民79
面；　　公分
附錄：優美的文字出自優秀的民族
等 3 種
ISBN 957-14-0044-0（平裝）

1.英國語言－文法　I.齊玉編著

805.16/833

網際網路位址　http://www.sanmin.com.tw

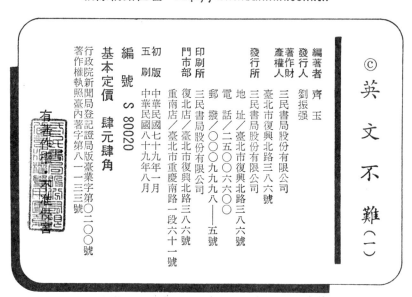

ⓒ 英 文 不 難 (一)

編著者　齊　玉
發行人　劉振強
著作財產權人　三民書局股份有限公司
發行所　三民書局股份有限公司
　　地址／臺北市復興北路三八六號
　　電話／二五○○六六○○
　　郵撥／○○○九九九八─五號
印刷所　三民書局股份有限公司
門市部　復北店／臺北市復興北路三八六號
　　重南店／臺北市重慶南路一段六十一號
初版　中華民國七十九年八月
五刷　中華民國八十九年一月
編號　S 80020
基本定價　肆元肆角
行政院新聞局登記證局版臺業字第○二○○號
著作權執照臺內著字第八一一三三號

有著作權‧不准侵害

ISBN 957-14-0044-0 (第一冊：平裝)

序

記得以前上國中的第一天，拿到英文課本（梁實秋編，梁中銘、梁又銘圖，遠東書局出版），打開一看，裡面的插圖和一行行橫寫的英文字霎時引發了我學習的興趣。第一堂課學會26個字母的發音之後，當天放學回家，一口氣把每一課的英文字母一個接一個唸完。那時沒有現在通用的 KK 音標，一般字典只有萬國音標和韋氏音標，而學校未強調音標練習，又沒有錄音機，只有靠耳朵聽、頭腦記，所以讀起課文來，非常吃力。好多同學不得已，用國字或注音符號記發音，於是把 your 記成「油耳」，book 記成「不可」，envelope（信封）記成「鉛筆路（臺語）」，括號中的臺語表示該字用臺語發音，各種招式都有。用這種方法，怎麼可能把英文學好？

在學生時代，我發現很多同學由於基礎沒打好，音標沒學好，文法沒搞通，句型沒唸懂，所以讀起英文來，相當困難。尤其是為了應付考試，強記死背，讀了又忘，忘了又讀，無形中浪費了許多時間和心力，而英文又未見有任何長進，令人惋惜。

我曾赴歐、美唸書，總共五年。仔細比較東西方的人種，發覺中國人才是世界上最優秀的民族。中國人的本質像金玉，只是目前外面蒙上了濘泥塵土而已；西洋人的本質如陶土，只是他們現在把表面抹上金粉罷了。以中國人的聰明，想學會世界上任何一個國家的語言，是輕而易舉的事。根據一般的看法，英文是比較易學的外語（更難的還有德文、希臘文、俄文等），然而我們的學生為什麼會怕英文，而且讀得那麼艱苦？

在我十餘年來，利用課餘之暇，教導自己的孩子和其他小孩們英文的過程中，逐漸體會到中國人學習英文的困難所在，於是觸發了我寫這本書的動機。

由於我個人學的是電機工程，寫過很多電機專業的書。所以編寫這本英文書，我喜歡採用工程的方式，將每句英文或每個單字、片語編上號碼，在比對或尋找參考時比較方便。根據我二十餘年在大學教學的經驗，讀書要探討根本，也就是要先打好根基，然後循序漸進，才能有實質的收穫。唸英文也是一樣，先將發音學好，生字才容易記牢。會唸單字，就會唸句子，會唸句子，就可以開始學文法，由簡單的詞句，到較長的句子，而後組合一些句子成為一篇短文。

我將二十餘年工程教學的經驗融合到英文的教學中，把工程上的觀念以及中國文字與文句的結構摻到英文裡，發現對學英文有很大的助益。學英文，宜從兒歌、短詩、繞口令開始，而後加入短文、名言佳句、謎語。文法就在研讀過程中，點點滴滴的學會了。

這本書主要描述英文的輪廓，從內容目錄中，可看出英文的文法概要，只要一章一章往下看，必然可掌握英文的重點。當然，若要對英文有更深一層的了解，一定還要多看其它有關書籍，這就需要讀者做自我充實了。

對中國學生而言，學習英文首重八大詞類的了解：名詞、代名詞、動詞、形容詞、副詞、連接詞、介系詞和感歎詞。動詞的三變化：現在式（原形）、過去式、過去分詞和現在分詞，也是重要的課題。

本書所涵蓋的內容是由最簡單的基本句型開始，從一個謎語引發出一個句子，就是由四個英文字母：OICU，演變成 Oh！I see you.根據這一個最基本的句子，可引申出其它類型的句子。由肯定，而否定、而疑問；由主動，而被動；由現在式，而過去式、完成式、未來式和進行式。舉凡文法中主要的重點都已網羅在本書中。略有英文基礎的讀者，讀完本書，程度會大幅度提升；沒有基礎的讀者，這本書正好可用做進階的參考。

寫到這裡，我要感激曾經教我英文的師長們，沒有他們的辛勤教導，我不會對英文發生興趣。除了感激我在初中、高中乃至大學時代教過我英文的彭耀名老師、曾維洪老師、沈西賓老師、潘守先老師之外，我要感激內人為我在課餘之暇，安排自己的孩子以及他們的同學及其弟妹，讓我有教他們的機會，從而促使我積極收集啟發英文教育的資料，也間接敦促我編寫這本學英文的基礎書。我還要感激曾任臺南美國小學教師美籍的 Miss Roush 和曾任臺南神學院教師的英籍老師 Miss Brown，她們曾義務教過我英文會話。我還要感謝一位在國內從事英文教育數十年的老前輩——吳炳鐘先生。我聽過他在成功大學的一次演講，在如何學習英文的方法上獲益良多，其後雖然跟吳先生只有一面之緣，但是對他總是心存感激。我還要感謝昔日南寧街天主堂的華神父(Father Fox)和卡神父(Father Carlier)，書中有些歌，例如"When I'm in worry..."，"When your hair has turned to silver"都是卡神父教的；華神父我尤其敬佩，在我唸初一的時候，下午放學後，我從家裡(公園國小裡的茅草房舍)徒步四十分鐘，到南寧街的教堂聽華神父的英文課。他奠定了我初學英文時的發音基礎。就是再忙，他也是耐心的聽我唸，一字一字的糾正。由於他的熱忱奉獻，最後積勞成疾，英年早逝。他為廣大的群眾做了偉大的犧牲，留在世間的是我們對他永恒的感恩與懷念。現在臺南的逢甲醫院的英文名字就是華神父紀念醫院：

Father Fox Memorial Hospital

每當去逢甲醫院，看到正門上的英文名字，想起昔日不辭辛勞義務教英文的 Father Fox，心中有無限的感懷。

雖然我學的是工程，但自小受先父嚴格的書法訓練，所以我教英文的時候，不用黑板，而用一大張白紙；不用粉筆，而用毛筆。我將教工程課程的理念加以修改後，用在英文的教學上，發現學生得到的效果令我非常鼓舞。這是我第二次嘗試寫英文書（第一本是與家叔毛建漢合作寫的《益智英文》(*Ingenious English*)）。在諸位英文專家面前，這只能算是一點心得報告罷了。其中若有需要修正之處，尚請各位先進惠予指正。

編者謹識

英文不難 (一) 目次

邁開學習英文的第一步

英語和國語同樣是一種語言。從聲音的觀點來看，語言是由一些基本的音調組合而成的，就像音樂或歌曲是由一些基本的音調組成是一樣的。

要想說一口好國語，一定得先把國語的注音符號學好，而且要唸得準確。這些注音符號就是國語的基本音，共有 37 個：

ㄅㄆㄇㄈㄉㄊㄋㄌㄍㄎㄏㄐㄑㄒㄓㄔㄕㄖ

ㄗㄘㄙㄧㄨㄩㄚㄛㄜㄝㄞㄟㄠㄡㄢㄣㄤㄥㄦ

同樣，要想說一口漂亮而標準的英語，一定得先把英文的音標學好，而且要唸得正確，唸得流利。這些音標就是英語的基本音。目前常用的是 KK 音標，它們用的符號當然不是ㄅㄆㄇㄈ……，而是一些特殊的符號，例如：

1. [e]	6. [æ]	11. [ɛ]	16. [ɚ]	21. [ŋ]	26. [ɛr]
2. [i]	7. [ɪ]	12. [ʌ]	17. [ɝ]	22. [ʒ]	27. [ʊr]
3. [aɪ]	8. [ɑ]	13. [u]	18. [ʃ]	23. [ɔɪ]	28. [ɪr]
4. [o]	9. [ɔ]	14. [ʊ]	19. [tʃ]	24. [aʊ]	29. [ð]
5. [ju]	10. [jʊ]	15. [ə]	20. [dʒ]	25. [ɑr]	30. [θ]

只要先把這些基本的音標學會，每個英文字的發音就和唸國字一樣簡單易讀了。

在學這些音標之前，最好先把英文的 26 個字母唸準，因為每個字母幾乎都可由以上的音標拼出來。現在依序將英文字母和它們發音的音標寫成一行：

＊1. A [e] 　　音同注音符號「ㄟ」，將其音拉長。

2. B [bi] 音同國字「必」，將音拉長。

3. C [si] 音似「絲益」，先唸「絲」，緊接著唸「益」，合而爲一。

4. D [di] 音同「地」，將音拉長。

* 5. E [i] 音同「益」，將音拉長。

6. F [εf] [ε] 音似台語「矮」，[f] 音似國字「府」但不發出聲。

7. G [dʒi] [dʒ] 音似短促的「俥」，再與 [i] 合唸。切不可讀成「雞」。

8. H [etʃ] [tʃ] 音似「曲」，但不發出聲。切不可讀成「啓」。

* 9. I [aɪ] 音同「愛」。

10. J [dʒe] 將 [dʒ] 與 [e] 合唸。不可讀成「姊」。

11. K [ke] [k] 音似「可」，但不發出聲。

12. L [εl] [l] 將舌尖頂到上顎牙根後方凹凸不平處，聲從口出。

13. M [εm] [m] 將双唇輕閉，音從鼻孔發出。

14. N [εn] [n] 將双唇打開，舌的低置同 [l] 音，但聲從鼻出。

*15. O [o] 音似「歐」，將嘴唇縮成圓形。

16. P [pi] 音同「屁」。似不雅，但發音就是如此。

17. Q [kju] [j] 音似「爺」，但短促；[u] 音似「烏」。

18. R [ɑr] [ɑ] 音似「阿」，長音。[r] 將舌後捲，發「耳」聲。

19. S [εs] [s] 音似「史」，但不蹺舌。

20. T [ti] [t] 音似「特」，但不發聲。

*21. U [ju] 請見 Q 中說明。[u] 不可讀成國字的「優」。

22. V [vi] [v] 將上牙輕觸下唇內側，然後發聲。

23.　W　[ˈdʌbljʊ]　[ʌ] 音似短促的「阿」，[ʊ] 音似短促的「烏」。

24.　X　[ɛks]　　　將 [k] 音加入 [ɛs] 中即成。

25.　Y　[waɪ]　　[w] 音似「烏」，短音。Y 音同「外」長音。

26.　Z　[zi]　　　[z] 音似注音「ㄗ」，但不翹舌。

　　以上 26 個字母中，有 5 個是母音：A, E, I, O 和 U（打＊號者），很巧的是，這五個母音在字母中的排列相當有規律，A, E, I 三個之中，A 和 E, E 和 I 相隔都是 3 個字母，而 I 和 O, O 和 U 之間相隔都是 5 個字母。除了以上的五個母音之外，其餘的 21 個字母是子音。

　　在絕大多數的英文字中，至少要有一個母音，否則，就不能成字，例如最簡單的字：

　　a（一個），at（在），on（在⋯⋯之上），in（在⋯⋯之內），

　　book（書），pen（鋼筆），good（好），English（英文）等

和較難的字：

　　international（國際的），irrational（不合理的），

　　conversation（會話），extraordinary（特殊的）等

每個字裡最少有一個母音。

　　先把以上 26 個字母唸好，就能掌握每一個音標的發音。英文字裡母音的發音有時會因字而變，這是學英文的困難處，但是，不用怕，「凡事起頭難」，只要能克服這起頭的難關，以後就會很順利了。所以學英文，剛開始切不可求快求速，要穩紮穩打。就像建大樓一樣，如果基礎打得好、打得穩、打得廣，樓房才能建得牢固、建得高。

　　英文的發音與英文字跟中文都是完全不同的。就以字形而言，國字大都是象形文字演化而來。我們從圖中（請看附錄文中插圖）可以看出一些有趣的漢字變化，而從一個個方方正正的國字中可看出，國字是由一些基本的筆劃所組成的，例如點、橫、豎、撇、捺、彎、鈎⋯⋯等，

如圖一。把這些筆劃中的若干部分加以適當的排列，就形成了一個個的國字。（請參看附錄二）

ㄏㄧㄧㄅㄏㄐㄧㄏㄑㄧㄟㄥㄢㄤㄝ

國字如畫、英文字像螃蟹，橫著爬。

圖一　國字的基本筆畫

英文字是由 26 個字母組成的，而英文的寫法是由左而右。字母的寫法有兩大類，一是正楷，一是草楷，各種又分大寫與小寫兩種，如圖二所示，所以總共有四種寫法。初學者要先學正楷，等正楷寫得很熟練了，才開始練草楷，這和學習寫國字是完全一樣的。

印刷體
大寫　A B C D E F G H I J K L M N O P Q R S T U V W X Y Z
小寫　a b c d e f g h i j k l m n o p q r s t u v w x y z

書寫體
大寫　𝒶 ℬ 𝒞 𝒟 ℰ ℱ 𝒢 ℋ 𝒥 𝒦 ℒ ℳ 𝒩 𝒪 𝒫 𝒬 ℛ 𝒮 𝒯 𝒰 𝒱 𝒲 𝒳 𝒴 𝒵
小寫　a b c d e f g h i j k l m n o p q r s t u v w x y z

圖二　英文字母的寫法

從以上的圖中可以看出，國字像圖畫，而英文字像螃蟹，橫著爬。提起國字，我曾在國語日報上寫了一篇文章優美的文字出自優秀的民族（請看附錄一）。中國人自然喜愛自己的語言，喜愛自己的文字，大家用同一種語言文字，的確非常方便。但是，由於時代的劇變，工業發達與科技進展的結果，使世界日益變小，人與人之間、國與國之間的距離縮短了。目前世界上較通用的語言當屬英文，雖然世界上有十多億人用中文，但是中文太難學了，不知比英文難上多少倍，以後各位自然會明白。於是學英文變成了時代潮流的自然趨勢。

　　現在學英文，不是趕時髦，而是要追求實際。不懂英文，很難接受最新的資訊，一本英文書或報紙或雜誌，要等別人翻譯後才能讀；與外國人交往，無法表達自己的意思；到國外旅遊，看不懂、聽不懂、不會說英文，形同瞎、聾、啞。現代的人若不懂英文，等於是半個文盲。我們在這裡雖然鼓勵各位學英文，但是我們更要奉勸各位建立學英文的正確觀念，學英文不是去崇洋媚外，學好英文為的是取西洋之「長」，補自己國家之「短」，學英文是手段，而不是目的。中國人有一個優良的民族傳統，那就是「飲水思源」、「不忘本」，別學會了英文，而忘了中文，甚至丟棄了中文！

"be"動詞和「人稱」的搭配

　　將26個字母唸得清晰正確之後，就可以開始學簡單的句子了，我們從一則有趣的英文謎語開始：

　　「小偷潛入別人家中偷東西，最怕聽到那四個英文字母？」

　　上則謎題的謎底是：

　　"O！I C U！"　　　　　　　　　　　　　　　　　　　　　(1)

原來，把這四個英文字母慢慢的唸出來，就和

　　"Oh！I see you！"　　　　　　　　　　　　　　　　　　(2)

的發音完全相同。上句話裡每個字的解釋是：

　　Oh　（哦，啊）

　　I　　（我，英文的我字永遠大寫）

　　see　（看到，see 的發音與字母 C 相同）

　　you　（你，現在是受格的形式，you 的發音與 U 相同）

所以"Oh！I see you！"就是「啊！我看到你了！」小偷聽到了，當然害怕。

　　從第(2)句最簡單的英文開始，我們就邁開了學習英文的第一大步。原來，「我看到你」是：

　　I see you.　　　　　　　　　　　　　　　　　　　　　　(3)

那麼，「你看到我」，是不是寫成：

　　You see I.　（×）　　　　　　　　　　　　　　　　　　(4)

當然第(4)句是錯誤的。

　　因爲在英文的文法裡有主格和受格之分，「你看到我」這句話中的「我」是受格，是接受「看」的動作，所以要用受格，那就是"me"（是

I 的受格)。

於是第(4)句正確的說法是

You see <u>me</u>.　（你看到我。）　　　　　　　　　　　　　(5)

you（你）是「你」的主格，也是「你」的受格。學英文要把主格、受格分得清清楚楚，否則，就不合文法了。

再學一個常用的字：

like [laɪk]　喜歡　　　　　　　　　　　　　　　　　　(6)

模仿第(3)，(5)句的句型，我們立刻能寫出：

I like you.　（我喜歡你。）　　　　　　　　　　　　　(7)

You like me.　（你喜歡我。）　　　　　　　　　　　　(8)

接著，我們看其他的代名詞：

中文的他、她、它讀音都是同一音(ㄊㄚ)，但是英文就不同了，我們來看：

he　　　　　[hi]　　　　他　　　　　　　　　　　　(9)

she　　　　[ʃi]　　　　她　　　　　　　　　　　　(10)

it　　　　　[ɪt]　　　　它　　　　　　　　　　　　(11)

上面所提到的我、你、他、她和它都是代名詞，而且是單數代名詞，當然還有複數代名詞，例如我們、你們、他們、它們。

對初學英文的學生來說，英文中的"be"動詞最爲煩人，因爲在中文裡的我是、你是、他是、她是、它是……都同樣用一個「是」字，但是英文中的 be 動詞却是隨著人稱而變的，例如：

I <u>am</u>　　　　[aɪ æm]　　　　我是　　　　　　　　　(12)

You <u>are</u>　　　[ju ɑr]　　　　你是　　　　　　　　　(13)

He <u>is</u>　　　　[hi ɪz]　　　　他是　　　　　　　　　(14)

She <u>is</u>　　　[ʃi ɪz]　　　　她是　　　　　　　　　(15)

It <u>is</u>　　　　[ɪt ɪz]　　　　它是　　　　　　　　(16)

這些(12)～(16)中的 am，are，is 就是英文文法所稱的 be 動詞。其中 am 是專門給 I 用的，若寫成：

He am 　（×）

You am 　　（×）

I are 　（×）

就會鬧笑話了。當然 are 是給 you（以及複數名詞或代名詞）用的；而 he，she，it 只能用 is，這是規矩，不能違背。

學會了 be 動詞之後，我們學幾個名詞：

doctor　　　　[ˋdɑktɚ]　　　　醫生　　　　　　　　(17)

lawyer　　　　[ˋlɔjɚ]　　　　律師　　　　　　　　(18)

soldier　　　　[ˋsoldʒɚ]　　　　士兵　　　　　　　　(19)

teacher　　　　[ˋtitʃɚ]　　　　老師　　　　　　　　(20)

tiger　　　　[ˋtaɪgɚ]　　　　老虎　　　　　　　　(21)

現在把(12)～(16)和(17)～(21)配合在一起，就成了完整的句子，請看：

I am a doctor.　（我是醫師。）　　　　　　　　(22)

You are a lawyer.　（你是律師。）　　　　　　(23)

He is a soldier.　（他是士兵。）　　　　　　　(24)

She is a teacher.　（她是老師。）　　　　　　(25)

It is a tiger.　（它是老虎。）　　　　　　　　(26)

以上(22)～(26)五句可當做歌詞一般朗讀，因為每句的最後一字都是 [ɚ] 音。

根據一般人學習語言的經驗，要想學好一種語言，最好的方法是熟讀一些基本句型，然後靈活運用。

　　至於代名詞複數的形式是什麼？請看：

we	[wi]	我們	(27)
you	[ju]	你們	(28)
they	[ðe]	他們	(29)

這些代名詞接的 be 動詞是什麼字呢？請看：

we are	我們是	(30)
you are	你們是	(31)
they are	他們是	(32)

由(30)～(32)可看出，只要主詞是複數，be 動詞都用 are。

　　現在我們學幾個形容詞：

hungry	[`hʌŋgrɪ]	飢餓的	(33)
thirsty	[`θɜstɪ]	口渴的	(34)
angry	[`æŋgrɪ]	生氣的	(35)
happy	[`hæpɪ]	快樂的	(36)
dirty	[`dɜtɪ]	骯髒的	(37)

若將(12)～(16)和(33)～(37)配合在一起，就成了另外五個完整的句子。

I am hungry.	（我餓了。）	(38)
You are thirsty.	（你口渴。）	(39)
He is angry.	（他生氣。）	(40)
She is happy.	（她很高興。）	(41)
It is dirty.	（它很髒。）	(42)

　　我們說國語的時候，常常會偷懶，不喜歡用 be 動詞，也就是不喜歡用一個「是」字。例如第(41)句，她很高興，照英文的字面去翻譯，應

該是「她是高興的。」但這樣唸起來反而不順口，照(41)句意譯，就成了「她很高興。」聽起來順耳多了。

若再多學三個字：

busy	[ˋbɪzɪ]	忙碌的	(43)
sleepy	[ˋslipɪ]	愛睏的	(44)
lazy	[ˋlezɪ]	懶惰的	(45)

如果我們把(30)～(32)和(43)～(45)配合在一起，就成了三個句子：

We are busy. （我們忙碌。） (46)

You are sleepy. （你們睏倦。） (47)

They are lazy. （他們懶惰。） (48)

從上面的例句可看出來，be 動詞（包括 am, is, are）後面可接名詞（例如(22)～(26)），也可接形容詞（例如(38)～(42)，(46)～(48)）。

動詞跟隨著主詞變化

英文的動詞是會變的，但是中文的動詞卻永不改變。比如說：「我來。」「你來。」「他來。」「她來。」「牠來。」不管主詞是我、你、他、她或牠，都用同一個「來」字，但是英文的「來」是：

come　　　　　　[kʌm]　　　　　來　　　　　　　　　　　　(49)

它會跟著主詞而改變，請看以下的句子：

I come.　（我來。）　　　　　　　　　　　　　　　　　(50)

You come.　（你來。）　　　　　　　　　　　　　　　(51)

He comes.　（他來。）　　　　　　　　　　　　　　　(52)

She comes.　（她來。）　　　　　　　　　　　　　　　(53)

It comes.　（牠來。）　　　　　　　　　　　　　　　(54)

從(50)～(54)五句中來看，除了 I, you 之外，he, she, it 接的「來」(come)字後一定加一個"s"，這是英文裡的文法，就像開車的交通規則一樣，是一定要遵守的，否則，就會出錯。

英文有一個很重要的文法規則，那就是主詞若是單數的第三人稱，則接的現在式動詞一定要加"s"，所以(52)、(53)和(54)中的 come 都加了一個"s"。[註1]

什麼是「人稱」？這又是英文的文法用語。英文是以「我」(I)為中心的，所以 I（我）屬於第一人稱。[註2] you（你）屬於第二人稱，除

[註1]請特別注意：這個文法規則主詞是第三人稱還要是單數，而動詞是現在式時才要加"s"。

[註2]英文的「我」字用大寫的"I"，而不用小寫的"i"，可能是跟他們自視很高的民族性有關吧？這與我們國人對別人常稱自己為「敝人」成強烈的對比。

了 I 和 you 之外，其餘的無論是單數或複數（人、事、地、物等等）都
歸於第三人稱。

　　根據上面的說明，he, she, it 屬於第三人稱，we, they 也屬於第
三人稱。可是其中 we（我們）中一定包括 I（我）在內，怎麼屬於第三
人稱？因爲 we 不是 I 或 you，所以仍是第三人稱。其餘像 my father
（我的父親），my mother（我的母親）等等也都屬於第三人稱。

　　初學英文的國人，最感到不習慣的是動詞的變化，什麼是動詞？誰
都會回答，例如「看」、「發現」、「打破」、「借」……都是動詞。與動作
有關的，無論是外在的，內在的；有形的，無形的都屬於動詞。

verb	[vɜb]		動詞	(55)
see	[si]	v.	看	(56)
find	[faɪnd]	v.	發現	(57)
break	[brek]	v.	打破	(58)
lend	[lɛnd]	v.	借	(59)

(56)～(59)四個生字後加一個"v."，它表示該字是 verb（動詞），請看
(55)。（把 v 加一小點，表示 verb，那一小點不可忽略，因爲加了一小
點，表示 verb 中，v 後面的字 erb 省略了。）

　　現在再學幾個名詞：

bee	[bi]	n.	蜜蜂	(60)
hive	[haɪv]	n.	蜂窩（巢）	(61)
plate	[plet]	n.	盤子	(62)
hen	[hɛn]	n.	母雞	(63)

(60)～(63)四個字後的 n. 表示該字是名詞。

noun	[naʊn]		名詞	(64)

現在開始學比較長的句子，把(9)～(11)代名詞，(56)～(59)動詞和(60)

～(63)名詞配合起來造句：

One, two, three, I see a bee. (65)

　(一、二、三，我看到一隻蜜蜂。)

Four and five, you find a hive. (66)

　(四和五，你發現一個蜂巢。)

Six, seven, eight, he breaks a plate. (67)

　(六、七、八，他打破一個盤子。)

Nine and ten, she lends me a hen. (68)

　(九和十，她借給我一隻母雞。)

(65)～(68)四句中的十個數字：

one	[wʌn]	一	(69)
two	[tu]	二	(70)
three	[θri]	三	(71)
four	[for]	四	(72)
five	[faɪv]	五	(73)
six	[sɪks]	六	(74)
seven	[`sɛvən]	七	(75)
eight	[et]	八	(76)
nine	[naɪn]	九	(77)
ten	[tɛn]	十	(78)

放在每句的句首，目的是爲了押韻，除了唸會一到十共十個數字外，還容易背誦，學英文最好多背一些基本句型，像小孩讀唐詩一樣，要能朗朗上口，以後用起來，才會得心應手。例如唐詩：

　牀前明月光，疑似地上霜。

　舉頭望明月，低頭思故鄉。

(65)～(68)四句雖然不像上面的中國詩一樣第一、二、四句押韻，但是每句是前後押韻的。

在(67)句中，他打破一個盤子，「他」屬於第三人稱，而且又是單數，打破的動作是現在發生的(文法上叫做現在式)，所以動詞 break(打破)後面要加一個"s"。同樣，在(68)句中的 lend 後面要加"s"，表示借的動作是現在發生的。

現在若將(67)，(68)兩句寫成：

He break a plate. （×）   (79)

She lend me a hen. （×）   (80)

那就錯了。這是國人初學英文常犯的毛病，原因是我們中文的動詞不會變化，更不會加"s"，所以在寫句子的時候，要格外細心。

(65)～(68)是一首簡單的數字兒歌，(65)句押 [i] 音；(66)句押 [aɪ] 音；(67)句押 [e] 音；(68)句押 [ɛ] 音。

學語言最好先從簡單的詩歌開始，若能熟讀一些押韻的詩句，則對發音的練習、文法的了解和生字的記憶都有莫大的幫助。讀者請先熟讀(65)～(68)，最好是能背誦。

否定句中「不」的位置

　　肯定用「是」表示，否定用「不是」或「否」表示。例如「我是醫生。」是肯定句，而「我不是醫生。」就是否定句。英文的「不」是：

　　not　　　　　　[nɑt]　　　　　　不　　　　　　　　　(81)

(22)～(26)五句都是肯定句，現在我們把它們都變成否定，當然要加一個(81)的「不」字，但是這個"not"加到句中的什麼位置呢？這一點我們要仔細研究，請看：

　　I am not a doctor. （我不是醫師。）　　　　　　　(82)

　　You are not a lawyer. （你不是律師。）　　　　　　(83)

　　He is not a soldier. （他不是士兵。）　　　　　　(84)

　　She is not a teacher. （她不是老師。）　　　　　　(85)

　　It is not a tiger. （牠不是老虎。）　　　　　　　(86)

注意看(82)～(86)中"not"的位置是放在 be 動詞的後面，而不是放在前面，這剛好跟中文相反，初學者必不習慣，但用久之後，就會覺得很自然了。若是將(82)寫成：

　　I not am a teacher. （×）　　　　　　　　　　　(87)

那就錯了。

　　現在我們將(38)～(42)改成否定句：

　　I am not hungry. （我不餓。）　　　　　　　　　(88)

　　You are not thirsty. （你不渴。）　　　　　　　(89)

　　He is not angry. （他不生氣。）　　　　　　　　(90)

　　She is not happy. （她不快樂。）　　　　　　　(91)

　　It is not dirty. （它不髒。）　　　　　　　　　(92)

以上寫的(82)～(86)和(88)～(92)是 be 動詞的否定形式。但若遇到動詞，它的否定形式如何表示呢？例如：

I come.　　（我來。）　　　　　　　　　　　　　　　　　(93)

comes [kʌmz]　v.　來　　　　　　　　　　　　　　　　(94)

「我不來」不能寫成：

I not come.　　（×）　　　　　　　　　　　　　　　　(95)

(95)句是中文式的英文，是不通的，正確的說法是要把(95)句中 not 前面加一個字：

do　　　　　　[dʊ]　　　　　　做　　　　　　　　　　(96)

I <u>do not</u> come.　　（我不來。）　　　　　　　　　　(97)

現在(97)句中的 do 就不當「做」解，"do not"表示不做某一動作，例如以下的肯定及否定句：

You come.　　（你來。）　　　　　　　　　　　　　　(98)

You <u>do not</u> come.　　（你不來。）　　　　　　　　(99)

He comes.　　（他來。）（注意(94)發音）　　　　　　(100)

He <u>does not</u> come.　　（他不來。）　　　　　　　(101)

(101)句中不用 do not, 而用 does not, 這是因為主詞是第三人稱單數的緣故。既已用了 does, 後面的 come 就不能再加 s 了。

does　　　　　　[dəz]　　　　　做（用於第三人稱）　　(102)

另外兩個人稱 she, it 的否定句寫法也與(101)相仿：

She comes.　　（她來。）　　　　　　　　　　　　　(103)

She <u>does not</u> come.　　（她不來。）　　　　　　(104)

It comes.　　（牠來。）　　　　　　　　　　　　　(105)

It <u>does not</u> come.　　（牠不來。）　　　　　　　(106)

對複數的人稱代名詞，如 we, you, they, 其否定句的寫法是：

We do not come.　（我們不來。）　　　　　　　　　　(107)

You do not come.　（你們不來。）　　　　　　　　　　(108)

They do not come.　（他們不來。）　　　　　　　　　(109)

現在我們練習以下的句型：

I go to school, but he does not go to school.　　　　(110)

　（我去學校（上學），但是他不去學校（上學）。）

We go to bed, but they do not go to bed.　　　　　(111)

　（我們就寢，但是他們不就寢。）

I love you.　（我愛你。）　　　　　　　　　　　　(112)

I do not love you.　（我不愛你。）　　　　　　　　(113)

看完了英文的否定句型之後，我們看看另一種有趣的語言的否定寫法，那就是比英文更難學的德文。請看：

Ich liebe Dich.　（德文）　　　　　　　　　　　　(114)

　＝I love you.　（英文）　　　　　　　　　　　　(115)

　＝我愛你。（中文）

三種語文的肯定句型都相似，但是否定句型就不甚相同了：

Ich liebe Dich nicht.　（德文）　　　　　　　　　(116)

　＝I do not love you.　（英文）　　　　　　　　　(117)

　＝我不愛你。　（中文）

德文的「不」是"nicht"，要放在句尾，若照字的順序翻譯，就成了「我愛你不。」所以是十分奇特的說法，不過德國人說慣了，就覺得很自然。若是有位德國小姐跟你說："Ich liebe Dich."（即(114)句，我愛你。）可別高興太早，因為她可能在講完(114)肯定句之後，補上一個"nicht"，而成了(116)否定句，變成「不愛你。」了。這只是一點小小的插曲。語言是一種藝術，而學習語言是一種藝術享受。它不是負擔，也不是工作，抱著這種心情去學習，一定可以把語言學得更好。

　　對中文而言，英文可說太容易學了，或許有很多讀者現在不以爲然，但是只要耐心往後看，會漸漸同意這種說法的。英文有一定的明確法則，那就是文法，只要把文法搞通，熟記基本的單字、句型，就能看、能說、能寫了。這就像開車，只要遵守交通規則，再熟練開車技巧，自然就會把車開好是同樣的道理。

疑問句用不到「嗎」、「麼」、「呢」⋯⋯

英文的疑問句和中文完全不一樣。中文有很多用來表示疑問的尾詞，例如「你渴嗎？」「她為什麼哭呢？」只要在句尾加上「嗎」、「麼」、或「呢」等字，就成了疑問句。但是在英文裡，沒有這些字眼，疑問句是由動詞的變化方式來表示的。例如(22)～(26)中，只要將 be 動詞變換一下位置，就成了疑問句：

<u>Am</u> I a doctor？	（我是醫生嗎？）	(118)
<u>Are</u> you a lawyer?	（你是律師嗎？）	(118 a)
<u>Is</u> he a soldier?	（他是士兵嗎？）	(119)
<u>Is</u> she a teacher?	（她是老師嗎？）	(120)
<u>Is</u> it a tiger？	（牠是老虎嗎？）	(121)

請看 be 動詞的位置，只要將 be 動詞放在句首，然後在句尾後加一個問號「？」就成了疑問句。同樣，我們將(38)～(42)變為疑問句：

Am I hungry？	（我餓嗎？）	(122)
Are you thirsty？	（你渴嗎？）	(123)
Is he angry？	（他生氣嗎？）	(124)
Is she happy？	（她高興嗎？）	(125)
Is it dirty？	（它髒嗎？）	(126)

但是若句中的動詞不是 be 動詞，就不能把動詞直接搬到前面，而需另外加"do"或"does"（由主詞的人稱而定），例如將(93)、(98)、(100)、(103)、(105)變為疑問句：

$$
\begin{cases}
\text{I come.} \quad \text{（我來。）} \\
\text{Do I come?} \quad \text{（我來嗎？）}
\end{cases}
\tag{127}
$$

$$
\begin{cases}
\text{You come.} \quad \text{（你來。）} \\
\text{Do you come?} \quad \text{（你來嗎？）}
\end{cases}
\tag{128}
$$

$$
\begin{cases}
\text{He comes.} \quad \text{（他來。）} \\
\underline{\text{Does}} \text{ he come?} \quad \text{（他來嗎？）}
\end{cases}
\tag{129}
$$

$$
\begin{cases}
\text{She comes.} \quad \text{（她來。）} \\
\underline{\text{Does}} \text{ she come?} \quad \text{（她來嗎？）}
\end{cases}
\tag{130}
$$

$$
\begin{cases}
\text{It comes.} \quad \text{（它來。）} \\
\underline{\text{Does}} \text{ it come?} \quad \text{（它來嗎？）}
\end{cases}
\tag{131}
$$

(129)～(131)句中，由於主詞是單數，第三人稱，所以不能用"do"，而用"does"，既已用過"does"，因此，後面的 come 不能再多加"s"了。若寫成：

    <u>Do</u> he comes？   （×）

或 Does he come<u>s</u>？   （×）

都是不對的，我們更不能將動詞擺在句首，例如：

    Come I?   （×）

    Come you?   （×）

這就不通了。不過德文的疑問句的確就是這樣形成的，例如：

    Kommen Sie?   （您來嗎？）

    Komme ich?   （我來嗎？）

其中 Sie (您)，ich (我)，Kommen (來)，「我來」用 komme,「您來」用 kommen，德文的動詞跟隨主詞變化，比英文麻煩多了，所以比起德文，英文是比較簡單的語言。而若與中文相比，德文又是更簡單的語言了。

　　現在我們看否定的疑問句如何寫。只須將"not"插入適當的位置即可，例如：

$\Big\{$	Is she not a teacher？	（她不是老師嗎？）	(132)
	＝Isn't she a teacher？		(133)
$\Big\{$	Are you not thirsty？	（你不渴嗎？）	(134)
	＝Aren't you thirsty？		(135)
$\Big\{$	Is he not a soldier？	（他不是士兵嗎？）	(136)
	＝Isn't he a soldier？		(137)
$\Big\{$	Is it not a tiger？	（牠不是老虎嗎？）	(138)
	＝Isn't it a tiger？		(139)
$\Big\{$	Is she not angry？	（她不生氣嗎？）	(140)
	＝Isn't she angry？		(141)
$\Big\{$	Do you not come？	（你不來嗎？）	(142)
	＝Don't you come？		(143)
$\Big\{$	Does he not come？	（他不來嗎？）	(144)
	＝Does't he come？		(145)
$\Big\{$	Does she not come？	（她不來嗎？）	(146)
	＝Does't she come？		(147)
$\Big\{$	Do we not come？	（我們不來嗎？）	(148)
	＝Don't we come？		(149)
$\Big\{$	Do they not come？	（他們不來嗎？）	(150)
	＝Don't they come？		(151)

上面的等號右邊的簡寫字是口語常用的說法：

| isn't＝is not | (152) |
| don't＝do not | (153) |

aren't＝are not　　　　　　　　　　　　　　　　(154)

doesn't＝does not　　　　　　　　　　　　　　　(155)

請注意簡寫法中的一撇"，"表示在該處省了一個字母，一比較就知道，省了那個字母。答案是"o"。

進行式的句型

　　中文的進行式是在動詞前面加「正在」二字，例如：

　　「我正在唱歌。」「你正在跳舞。」「他正在睡覺。」等等，只要把動詞前加上「正在」兩個字，就成了進行式。但是在英文裡，沒有「正在」這兩個字，於是就在動詞上動腦筋，把動詞(請注意：要用動詞的原形，就是沒有經過任何變化的動詞形式，像原汁果汁一樣，沒有加任何其它添料，往下看自然可了解。)尾巴加上"ing"，然後在前面補上"be"動詞，就形成了進行式。先看幾個動詞（原形）：

sleep	[slip]	睡覺	(156)
ring	[rɪŋ]	響（指鈴等）	(157)
sing	[sɪŋ]	唱	(158)
dance	[dæns]	跳舞	(159)

現在我們拿其中的"sing"來造句：

I sing.	（我唱。）	(160)
You sing.	（你唱。）	(161)
He sings.	（他唱。）	(162)
She sings.	（她唱。）	(163)
It sings.	（牠唱。）	(164)
We sing.	（我們唱）	(165)
You sing	（你們唱）	(166)
They sing.	（他們唱。）	(167)

　　剛剛我們說過，如果把上面(160)～(167)句中的動詞（要用原形）加上"ing"之後，前面補一個 be 動詞，就成了進行式，請看：

I am singing.　（我正在唱。）　　　　　　　　　(168)

You are singing.　（你正在唱。）　　　　　　　(169)

He is singing.　（他正在唱。）　　　　　　　　(170)

She is singing.　（她正在唱。）　　　　　　　　(171)

It is singing.　（牠正在唱。）　　　　　　　　(172)

We are singing.　（我們正在唱。）　　　　　　(173)

You are singing.　（你們正在唱。）　　　　　　(174)

They are singing.　（他們正在唱。）　　　　　(175)

　　sing（唱）這個字本身就有"ing"，現在爲了表達動作正在進行，還要加"ing"，而成了 singing，看起來很奇怪，其實，英文就是這樣寫的，只要照規矩，守法律（就是遵照文法），就不會違規受罰了。

　　如果把上面一段的說明和(168)～(175)句子仔細看看，我們就很容易寫出一條進行式的公式來：

　　be 動詞＋原形動詞補 ing ⇨ 進行式　　　　　　　(176)

初學者若只是把(176)式當做數學公式一樣去「死」背，就不妥了。學英文和學數學同樣除了要記憶之外，還要會活用。數學如何活用，要多做練習，從練習中去體會公式的意義；英文更要活用，要從基本句型中去了解英文規則（即英文文法）的根本意義。有很多初學者不從根本做起，不從基本文法學起，只一味死記公式，雖然學了好幾年英文，但是到頭來，卻是一場空，浪費了時間、精力，事倍而功半，誠然可惜。

　　從(168)～(175)句中眞正了解(176)式的意義之後，自然而然就會熟能生巧，靈活應用了，例如：

The cat is sleeping.　（貓正在睡覺。）　　　　　(177)

The mouse is dancing.　（老鼠正在跳舞。）　　　(178)

The bird is singing.　（鳥正在唱歌。）　　　　　(179)

The dog is barking.　（狗正在吠。）　　　　　　　　　　　　（180）

The bell is ringing.　（鈴正在響。）　　　　　　　　　　　　（181）

　　上面所寫的都是現在進行式。當然還有過去進行式，例如：「當他昨天遇到我時，我正在吃梨子。」正在吃的動作是發生在過去（昨天），所以是過去進行式。另外還有未來進行式，例如：「當你明天來看我時，我將正在做功課。」這個做功課的動作將發生在未來，所以用未來進行式。這些句子在以後學會了未來式，自然會自己寫出來的。

　　未來進行式請參看(413 g)。

　　過去進行式請參看(447 f)。

過去式的句型

　　英文和中文的最大差異是動詞的形態，中文的動詞是恒定不變的，例如「他現在吃一個梨子。」「他昨天吃一個梨子。」「他已經吃了一個梨子。」「他正在吃一個梨子。」這幾句中的「吃」都是同一個「吃」字，絲毫沒有變化。但是在英文裡，形狀就不大相同了，因為，我們可以把英文的動詞比成變形蟲，它是會變的。現在說明：

eat	[it]	吃	（吃的現在式）	(182)
ate	[et]	吃	（吃的過去式）	(183)
eaten	[`itṇ]	吃	（吃的過去分詞）	(184)
eating	[`itɪŋ]	吃	（吃的現在分詞）	(185)

其中(182)"eat"一字是吃的現在式，而且是原形動詞。現在我們看上面剛寫的四句中文的英文寫法：

He eats a pear now.	（他現在吃一個梨子。）	(186)
He ate a pear yesterday.	（他昨天吃一個梨子。）	(187)
He has eaten a pear.	（他已經吃了一個梨子。）	(188)
He is eating a pear.	（他正在吃一個梨子。）	(189)

從(186)～(189)句中可看出，英文的動詞固然會跟著主詞的人稱而變化，例如(186)句中現在式的「吃」字是 eat，但由於主詞「他」(he)是單數、第三人稱，所以動詞要加"s"，而成"eats"，這一個規則已經在前面的章節中講過了。

　　過去式的「吃」，不再是"eat"，而是"ate"，所以(187)句表示「他昨天『吃』。」既然是過去式，動詞就不必加"s"了。

　　(189)句是進行式，已經在上一章說明過了。把動詞（原形）加了

"ing"就變成了所謂的「現在分詞」（這是文法上的用語），至於如何加
"ing"，還要看動詞的字形而變，這又是一些規矩，我們不必急著一口氣
把一些細節都攤出來，先把大的輪廓勾畫好之後，然後才做細部的描繪，
這就像小孩子初學繪畫一樣，剛會拿筆的小孩想學畫人像，一定是先畫
一個大西瓜（臉）然後在裡面畫兩個小蕃茄（眼睛），再畫一個大茄子（鼻
子），下面畫個大南瓜（嘴巴），南瓜裡面長出兩把鋸子（牙齒）。最後在
蕃茄裡塞兩顆酸梅（眼珠），上面放兩把刷子（眉毛），最後兩邊掛兩個
木瓜（耳朵），頭頂上長幾根草（頭髮），就成了一個人頭像，如圖三。
身體其它部分，例如手腳等也都是這麼塗鴉式的畫出來的，

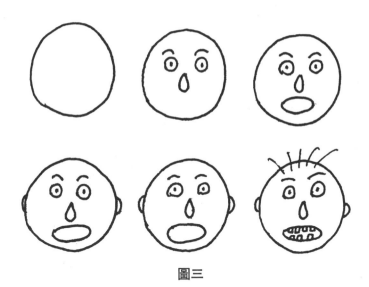

圖三

對初學畫畫的小孩而言，這就已經足夠了，我們不可能一開始就要他們
把眼睛畫得多傳神；把眉毛畫得多細膩，並且教他們柳眉、鳳眼的畫法。
最自然而有效的方法是按部就班由簡單的輪廓中練習基本筆劃的畫法，
循序漸進，最後一定能畫出一手好畫。筆者長子自幼喜歡塗塗畫畫，一
點一滴，日積月累，由兩歲會拿蠟筆亂畫圈圈開始，到小學畢業時，出版
了一本畫册（《毛毛歷險記》，共上下集）。筆者今天能寫這些學習英文的

方法與概念，也多少由孩子畫畫的歷程得到很深刻的啓示而來的。〔註1〕

學習英文是如此，學習其它的各門學科又何嘗不是一樣？今天想要把英文學好，切不可好高騖遠，要從扎根的工作開始，不急不躁，最重要的是要把觀念搞通了以後，能舉一反三，靈活應用。

至於(188)句，乃所謂完成式，表示某一動作已經告一段落。在英文裡，完成式的動詞要用過去分詞（與現在分詞不同）。〔註2〕完成式的寫法，在下一章會有詳細的分析說明。

現在看另一些字：

go	[go]	v.	去(現在式)	(190)
went	[wɛnt]	v.	去(過去式)	(191)
speak	[spik]	v.	說(現在式)	(192)
spoke	[spok]	v.	說(過去式)	(193)
school	[skʊl]	n.	學校	(194)
English	['ɪŋglɪʃ]	n.	英文	(195)

用上面(190)～(195)幾個動詞和名詞，我們可寫出以下現在式和過去式：

I go to school.	（我上學）（現在）	(196)
I went to school.	（我上學。）（過去）	(197)
He goes to school.	（他上學。）（現在）	(198)
He went to school.	（他上學。）（過去）	(199)
He speaks English.	（他說英語。）（現在）	(200)
He spoke English.	（他說英語。）（過去）	(201)

〔註1〕《毛毛歷險記》上下集，三民書局出版，毛治平編繪。

〔註2〕英文文法都是一條條的規則，這些當然要牢記，不過牢記之後要會應用，否則，就會形同具文，毫無意義。文法中的專門用語是要強記的。

　　從上面的例句可看出，同是代表一個意義的動詞，它的過去式、過去分詞是不相同的。這種規則有優點，也有缺點。缺點是麻煩；但是優點是可由句子直接判斷動作是發生在現在或過去。請看以下的例句：

　　一個中國人若說：「我看到一隻老鼠。」聽的人無法判斷他是什麼時候看到老鼠的，到底是現在還是過去？但是若一個外國人說：

"I see a mouse."（我看到一隻老鼠。）（現在）　　　　　　　(202)

我們一聽就知道是現在看到的，因為"see"是「看」的現在式，若他說：

"I saw a mouse."　　（我看到一隻老鼠。）（過去式）　　　　(203)

一聽就知道他不是現在看到老鼠，也許是昨天或前天，總之是以前看到的，因為"saw"是"see"的過去式，所以從動詞的形式可以直接反映出動作發生在現在或過去，一目了然，一聽就懂，這是英文的優點。

　　既然英文的動詞是會變化的，所以讀英文的一大要訣就是要熟讀動詞的三變化，就是動詞的現在式，過去式和過去分詞。

　　動詞可分規則和不規則兩大類〔註3〕。規則動詞的過去式和過去分詞只要將現在式加 ed 即可，例如：

現在式	過去式	過去分詞	
work（工作）	work<u>ed</u>	work<u>ed</u>	(204)
walk（步行）	walk<u>ed</u>	walk<u>ed</u>	(205)

等等。但是不規則動詞就不像(203),(204)那麼簡單了，須加以強記，例如：

see　（看）	saw	seen	(206)

〔註3〕當然若細分又可分為及物和不及物動詞等形式，初學者不必一開始就把一大堆枝枝節節的文法規則塞到腦子裡，以後可一點一點的加進去。

find　（發現）	found	found	(207)
break（打破）	broke	broken	(208)
lend　（借）	lent	lent	(209)

等等。大部分的字典後面都列有不規則動詞表，應將一些常用的不規則動詞的三變化記牢，以後用起來才方便。

完成式的句型

中文的完成式句型通常是用下列的方式表示的：

我<u>已經</u>吃了一個蘋果。 (210)

他<u>已經</u>上學了。 (211)

她吃<u>過</u>早餐了。 (212)

你吃<u>過</u>晚飯了。 (213)

這些句子都表示動作已經告一段落，或已經做完某件事情。句子中的「已經」，「了」，「過……了」是表示完成式所常用的字。在日常生活中，我們常用完成式，只是我們習而不察罷了。

英文的完成式是如何表達的呢？若是讀者會說臺語（不會亦無妨），就非常容易學習了。原因何在？乃因臺語的完成式與英文的完成式幾乎完全相同，這是兩種語言奇妙的巧合，現在請看國語和臺語的完成式：

我已經吃了一個蘋果。（國語完成式句型） (214)

我<u>有</u>吃一個蘋果。（臺語完成式句型，以臺語發音） (215)

臺語完成式的句型是把「有」加上一個動詞，當然還有其它完成式的句型，這裡為配合說明英文的完成式，所以用

「有」＋「動詞」⇨完成式（臺語）

的型式，英文的完成式與臺語的完全相似，(215)句的英文寫法是：

I <u>have</u> eaten an apple. (216)

（我<u>有</u>吃一個蘋果。）

所以兩者可一字不差的對應在一起。不過，所不同的是；英文完成式中的動詞要用「過去分詞」的形式，若說成：

I have <u>eat</u> an apple. （×）

那就錯了。所以完成式的句型是

  to have＋過去分詞⇨完成式   (217)

要會用完成式，一定要知道動詞的三變化中的過去分詞，這就是為什麼要熟記動詞三變化的原因。根據(217)完成式的句型，可寫出許許多多其它的完成式句子：

  He has <u>gone</u> to school. （他已經上學了。）   (218)

  She has <u>come</u> here. （她已來這裡。）   (219)

  I have <u>seen</u> a bee. （我已經看到一隻蜜蜂。） (220)

  You have <u>found</u> a hive. （你已經發現一個蜂窠。） (221)

  我們曾在上一章提過(例如(204)～(209))，英文的動詞有兩類，一類是守規矩的，叫做規則動詞；一類是不守規矩的，稱為不規則動詞，我們再寫出幾個規則動詞：

  open（打開） opened opened   (222)

  cook（烹飪） cooked cooked   (223)

  stay（停留） stayed stayed   (224)

  play（遊戲） played played   (225)

再另外寫些不規則動詞：

  get（得到） got got   (226)

  take（拿, 取） took taken   (227)

  hear（聽） heard heard   (228)

  swim（游泳） swam swum   (229)

  have（有） had had   (230)

  come（來） came come   (231)

go（去）	went	gone	(232)
eat（吃）	ate	eaten	(233)
drink（喝）	drank	drunk	(234)
sing（唱）	sang	sung	(235)
teach（敎）	taught	taught	(236)
sell（賣）	sold	sold	(237)
buy（買）	bought	bought	(238)
speak（說）	spoke	spoken	(239)
tell（告訴）	told	told	(240)
fall（落下）	fell	fallen	(241)
build（建造）	built	built	(242)

⋮

以上列舉的只是一小部分不規則動詞的三變化而已，其它的還有許許多多，各位可參看常用的不規則動詞表。

動詞的三變化對學英文太重要了，不但完成式的句子裡需要用到它（過去分詞），以後介紹被動式的句子中也要用它（從(448)開始）。

現在用(226)～(242)中若干動詞再造一些句子：

He <u>sells</u> a new house.（他賣一棟新房子。）（現在式）　　(243)

He <u>sold</u> a new house.（過去式。）　　(244)

He <u>has sold</u> a new house.（他已賣了一棟新房子。）（完成式）

(245)

London Bridge <u>falls</u> down.（倫敦橋垮下來。）（現在式）　(246)

London Bridge <u>fell</u> down.（過去式）　　(247)

London Bridge <u>has fallen</u> down.（已經垮下來。）（完成式）(248)

$$\begin{cases}
\text{I } \underline{\text{teach}} \text{ English.（我敎英文。）（現在式）} & (249)\\
\text{I } \underline{\text{taught}} \text{ English.（過去式）} & (250)\\
\text{I } \underline{\text{have taught}} \text{ English.（已經敎過英文。）（完成式）} & (251)
\end{cases}$$

　　從以上的例子可以很清楚看出完成式的句子是由"have"（有）加上動詞的過去分詞所形成的，這跟臺語的完成式極爲相同，這一點我們曾經提過。所以多會一種方言或一種語言就多一種好處，由於一國的語言或某一地方的方言都直接或間接反映該國或該地方的民情風俗，甚至於歷史文化背景。例如廣東話有一句很有意思的成語，就是當某人把某件事弄得亂七八糟，到了無法收拾的地步，用廣東話「倒洩籮蟹」（用廣東話發音）去形容最爲傳神。因爲廣東產螃蟹，而螃蟹是橫著走路的，把一籮筐螃蟹洩倒了，螃蟹四處橫走，不知捉那一隻是好，豈非無法收拾。德文也有一句話很有趣：

Man soll den Tag nicht vor dem Abend loben.　　　(252)

意思是「不要在傍晚之前讚美當天的天氣。」引伸的含意是「不要把話講得太早或太滿了」。德文爲何用天氣做題材，是因爲德國的天氣的確「太」不能令人恭維，早晚變化很大，一年之中除了短短的幾個月之外，其餘的日子少見陽光，有人戲云，在德國看到月亮的機會比看到太陽多，這難怪德文的名詞〔註〕中，太陽(die Sonne)屬於陰性名詞，而月亮，中文亦稱太陰(der Mond)却反而屬於陽性名詞，其來有自。某種語言不但能反映地理或氣候，有時還有令人叫絕的傳神作用，臺語有一個詞「擠屎」，用來形容一個人喜歡擺架子，一副裝腔作勢的樣子，眞像一個人得了便秘的毛病，三天三夜解不出大便來，蹲在馬桶上那副「擠屎」的痛苦相，更是妙不可言。

〔註〕德文的名詞分三種性別，即陽性、陰性和中性。而不同性別的名詞所用的冠詞又都不同，分別是 der, die, das, 不像英文那麼簡單，只有一個 the。

　　從完成式的句型談到語言或方言的特性，自然是研討英文的題外話，不過，這提醒我們學習某種語言，必須要同時了解它獨具的特徵，比如現在各位學英文，要比較它與中文之間的異同之處，同中求異，異中求同，如此學習來，才更為生動，更見實效。

一篇用現在式寫的短文

學習英文最好的方法是多背短文，多唱歌（尤其英文若干懷念老歌），多讀詩（包括兒歌、聖經中的故事、詩篇等），多唸繞口令，多猜謎。從現在開始，讓我們一起來看一些美好的短文、詩歌，它不但能提高我們學習英文的興趣，更可提昇我們心靈的意境。

先看一篇用現在式寫的短文：

Today is Sunday.　（今天是星期日。）　　　　　　　　　(253)

It is a fine day.　（是美好的一天。）　　　　　　　　　(254)

I get up early in the morning.　（早晨我起得早。）　　(255)

I take a walk with my brother in the park.　　　　　　(256)
（我跟我的兄弟在公園裡散步。）

There are many people in the park.　　　　　　　　　(257)
（公園裡有很多人。）

I see many birds on the trees. （我看到很多鳥在樹上。) (258)

I hear the birds singing.　（我聽到鳥在歌唱。）　　　(259)

The air is fresh.　（空氣新鮮。）　　　　　　　　　　(260)

The fish swim in the pond.　（魚在池塘中游。）　　　(261)

We walk through the garden.　（我們穿過花園。）　　(262)

We stay there for about an hour.　　　　　　　　　　(263)
（我們逗留在那裡大約一小時。）

We have a good time.　　　　　　　　　　　　　　　(264)
（我們有一段美好的時光。亦即我們很快樂。）

　　上面(253)～(264)共十二句，其中劃了底線的字都是動詞，而且是
現在式，這篇短文可視爲一篇短短的日記，記述一個學生在星期日跟他
兄弟到公園散步的情形。寫故事或日記要用過去式，因爲要記的事已成
過去。請參看(269)～(280)。不過，目前爲了練習現在式，所以故意用
現在式寫。我們故意用現在式寫，爲的是要練習現在式的用法。這些句
子中的大部分動詞已經在前面說明過了，我們先將這篇短文讀熟，然後
繼續往下看。

一篇用過去式寫的短文

英文過去式的句子是用過去形式的動詞來表示，若干動詞的現在式、過去式和過去分詞已經在前面解釋過。現在我們開始用過去式來寫(253)～(264)的短文，只要將動詞用適當的過去式替換就好了。先看幾個動詞：

get up (起床)	got up	got up	(265)
⎧ am	was	been	(266)
⎨ is	was	been	(267)
⎩ are	were	been	(268)

其中"be"動詞（包括 am, is, are）的用法（尤其是 be 動詞的過去分詞 been）以後還會特別說明。了解動詞的過去式之後，我們就可將(253)～(264)改寫成過去式了，請看：

Yesterday <u>was</u> Saturday.　（昨天是星期六。）	(269)
It <u>was</u> a fine day.	(270)
I <u>got</u> up early in the morning.	(271)
I <u>took</u> a walk with my brother in the park.	(272)
There <u>were</u> many people in the park.	(273)
I <u>saw</u> many birds on the trees.	(274)
I <u>heard</u> the birds singing.	(275)
The air <u>was</u> fresh.	(276)
The fish <u>swam</u> in the pond.	(277)
We <u>walked</u> through the garden.	(278)
We <u>stayed</u> there for about an hour.	(279)

We <u>had</u> a good time. (280)

請將(253)～(264)與(269)～(280)一一相對應做仔細的比較, 其中只有(253)與(269)稍有不同之外, 其餘只是把動詞由現在式改爲過去式而已, 現在式與過去式的解釋完全一樣, 例如(260)與(276)兩句都是「空氣新鮮」, 中文分不出到底是現在新鮮還是過去新鮮, 但是英文的 be 動詞"is"與"was"立即可區分清楚。一個人若說:

I am very angry. (我很生氣。) (281)

表示他在說話的時候在生氣; 但若他說:

I was very angry. (我很生氣。) (282)

表示他在過去的時間裡很生氣, 現在可能不生氣了。一個人若說:

The air in the park is fresh. (283)

　(在公園裡的空氣新鮮。)

表示現在公園裡的空氣是新鮮的, 但他若說:

The air in the park was fresh. (284)

中文的翻譯仍跟(283)完全相同, 但一聽英文便知公園裡的空氣過去是新鮮的, 現在新鮮與否, 就不得而知了。英文的動詞有現在式與過去式的不同變化, 對國人而言, 雖然不便, 但的確有它的優點。

一篇有完成式和進行式的短文

　　這裡有一篇短文，可稱得上是一首短詩，值得細細品味，慢慢的唸，可體會出其中的音韻，非常悠美。

圖四

Who has seen the wind?　　　　　　　　　　　　(285)

Neither you nor I.　　　　　　　　　　　　　　(286)

But when the trees bow down their heads,

the wind is passing by.　　　　　　　　　　　(287)

Who has seen the wind?　　　　　　　　　　　　(288)

Neither I nor you.　　　　　　　　　　　　　　(289)

But when the leaves fall from the trees,

the wind is passing through.　　　　　　　　　(290)

上面一篇短文的內容是：

　　誰曾經看過風？

　　旣非你亦非我。

但是當樹彎下他們的頭時，

風正從旁吹過。

誰曾經看過風？

既非我亦非你。

但是當樹葉從樹上落下時，

風正從中吹過。

(285)句的字譯是「誰有看到風？」這樣翻譯雖然看得懂，但總不如「誰曾看過風？」或「誰曾經見過風？」來得通順。"has seen"是完成式的形式，由於 who（誰）屬於第三人稱、單數，而現式式的 have 應該是 has，若寫成：

Who have seen the wind？（×）

就不對了。這句(285)是完成式，若要回答它，可寫出很多句子，例如：

問：Who has seen the wind？

答：I have seen the wind.　（我曾見過風。）　　　　　　　(291)

　　You have seen the wind.　（你曾見過風。）　　　　　　(292)

　　He has seen the wind.　（他曾見過風。）　　　　　　　(293)

　　She has seen the wind.　（她曾見過風。）　　　　　　　(294)

　　It has seen the wind.　（牠曾見過風。）　　　　　　　(295)

　　We have seen the wind.　（我們曾見過風。）　　　　　　(296)

　　They have seen the wind.　（他們曾見過風。）　　　　　(297)

　　My father has seen the wind.　（我爸爸曾見過風。）(298)

(287)，(290)兩句是進行式，其中"is passing"是進行式的形式，(287)句中的"by"有從旁而過的意味；而(290)句中的"through"有從中穿過的意義，by 和 through 在文法中都是介系詞，介系詞的作用，以後會說明的。請參看(594)～(606 d)。

　　上面的短文是押韻的，各位在唸的時候不難發現(286)中的"I"與(287)中的"by"押韻；(289)中的"you"與(290)中的"through"也押韻，所以唸起來很有韻味。尤其是在唸的時候，若能同時想像風吹樹梢，落葉紛飛的景象，心中好似有一陣陣清風拂過，而在心湖上不禁泛起一波波蕭瑟的漣漪，令人有無限的懷念。

　　學英文的時候，不宜把它視爲工作或負擔，最好把它看成一種生命中的享受，一種生活上的消遣，我們常聽說「生命是一種藝術」，現在也把學英文當做是一種藝術吧！

一首有進行式的兒歌

記得小的時候常常喜歡唱「兩隻老虎」，歌詞好像是這樣的：

　　兩隻老虎，兩隻老虎。跑得快，跑得快。

　　一隻沒有耳朵，一隻沒有尾巴。

　　真奇怪，真奇怪。

原來它就是我們現在要介紹的一首英文兒歌改編的：

　　Brother John

　　Are you sleeping？Are you sleeping？　　　　　　(299)

　　Brother John！Brother John！　　　　　　　　　　(300)

　　Morning bells are ringing！

　　Morning bells are ringing！　　　　　　　　　　　(301)

　　Ding Ding Dong！ Ding Ding Dong！　　　　　　(302)

(299)句是「你正在睡覺嗎？」這是進行式的句子，若有人問：

　　Are you sleeping？（你正在睡覺嗎？）

我們可做以下的回答：

　　Yes, I am sleeping.　（是的，我正在睡覺。）　　　(303)

　　No, I am not sleeping.　（不，我不是在睡覺。）　　(304)

我們也可模仿(285)的句型問，以及(291)～(298)答：

　　Who is sleeping？（誰正在睡覺？）　　　　　　　(305)

　　I am sleeping.　（我正在睡。）　　　　　　　　　(306)

　　He is sleeping.　（他正在睡。）　　　　　　　　　(307)

　　She is sleeping.　（她正在睡。）　　　　　　　　　(308)

My brother is sleeping. （我的兄弟正在睡。） (309)

They are sleeping. （他們正在睡。） (310)

My dog is sleeping. （我的狗正在睡。） (311)

(301)句也是進行式，什麼正在響？晨鐘正在響。由於該句的主詞是 Morning bells（晨鐘），由於 bell（鐘）加了"s"，所以是複數，於是後面的"be"動詞應該是"are"，而不是"is"。"ring"本身是「響」的意思，本來就有"ing"在後面，現在是進行式，所以要再加"ing"，而成了"ringing"，看似奇怪，但完全是符合文法規定的，這和把 sing 加上 ing 而成爲 singing 是一樣的。

現在式、過去式、完成式和進行式總複習

我們已經說明過一個動詞有現在式、過去式和過去分詞三種變化，另外還有一種是現在分詞。什麼是現在分詞？那就是把原形動詞後面補上"ing"，就成了現在分詞，這些都是英文文法上的用語，最好記住。現在我們用「吃」(eat)來造四種不同的句子：

I <u>eat</u> a pear.　（我吃一個梨。）　(312)

I <u>ate</u> a pear yesterday.　（我昨天吃一個梨。）　(313)

I <u>have eaten</u> a pear.　（我吃了一個梨。）　(314)

I <u>am eating</u> a pear now.　（我現在正在吃一個梨。）　(315)

再用「去」(go)寫出以下四句：

She <u>goes</u> to school.　（她上學。）　(316)

She <u>went</u> to school yesterday.　（她昨天上學。）　(317)

She <u>has gone</u> to school.　（她已經上學了。）　(318)

She <u>is going</u> to school.　（她正上學。）　(319)

再用「落下」(fall)造句：

The leaves <u>fall</u>.　（樹葉落下。）　(320)

The leaves <u>fell</u>.　（樹葉落下。）（表示過去）　(321)

The leaves <u>have fallen</u>.　（樹葉已經落下。）　(322)

The leaves <u>are falling</u>.　（樹葉正落下。）　(323)

現在以「散步」(take a walk) 為例，造以下句子：

He <u>takes</u> a walk.　（他散步。）　(324)

He <u>took</u> a walk yesterday.　（他昨天散步。）　(325)

He <u>has taken</u> a walk.　（他已經散步。）　(326)

He is <u>taking</u> a walk. （他正在散步。） (327)

以「建造」(build)為例：

They <u>build</u> a house. （他們建一棟房子。） (328)

They <u>built</u> a house last year. (329)

（他們去年建一棟房子。）

They <u>have built</u> a house. （他們已經建一棟房子。） (330)

They <u>are building</u> a house. (331)

（他們正在建一棟房子。）

以「教」(teach) 為例：

She <u>teaches</u> me English. （她教我英文。） (332)

She <u>taught</u> me English last night. (333)

（她昨夜教我英文。）

She <u>has taught</u> me English. （她已經教我英文。） (334)

She <u>is teaching</u> me English. （她正在教我英文。） (335)

學會了以上四種基本句型（其實另外還有一種基本的句型是未來式）之後，現在我們練習以下問答：

問：Who eats this apple？ （誰吃這個蘋果？） (336)

答：He eats this apple. （他吃這個蘋果。） (337)

問：Who ate that apple. （誰吃那個蘋果。） (338)

答：She ate that apple. （他吃那個蘋果。） (339)

問：Who has eaten this apple？ （誰吃了這個蘋果？） (340)

答：I have eaten this apple. （我吃了這個蘋果。） (341)

問：Who is eating this apple？ （誰正在吃這個蘋果？） (342)

答：My brother is eating this apple. (343)

（我的兄弟正在吃這個蘋果。）

　　以上(341)和(343)分別是現在完成式和現在進行式，當然還有更簡單的回答方式，但初學者寧繁勿簡。當我們徹底讀通之後，還要繼續進一步學過去完成式、過去進行式等句型。只要把基礎打好，以後遇到再難的句子，也可迎刃而解。請各位記得，學問是沒有暴發戶的，任何人不可能在一夜之間突然成為大學問家或學者。學問是日積月累，一點一滴逐漸堆積起來的，就像筆者編這本書一樣，要一個字接一個字不斷的寫下去，才能把一本書寫好。讀書要力求根基穩固，切不可操之過急，否則，就會收到「欲速則不達」的反效果。每天早起，最好讀上一二十分鐘的英文，把一些基本的句型讀熟，以後自然就會應用自如，熟能生巧了。

令人頭痛的"be"動詞

由於語言習慣的不同，國人初學英文最不習慣的是"be"動詞的使用。因爲在中文裡最常用的"be"動詞是一個「是」字（當然在文言文中還有其它的字當「是」解），而有時我們又不用它，所以學起英文來，常常會出錯，例如中文：

「我很餓。」「他很累。」

在英文句子裡就要寫成：

I am hungry. (344)

He is tired. (345)

若照中文的結構譯成：

I hungry. （×）　　　He tired. （×）

文法就不通了。

由於中文的動詞不像英文會變化，而國人又忽略"be"動詞的用法，所以對英文"be"動詞的用法倍感困難。

所謂"be"動詞，是指 am, is, are 而言，既然是動詞，就有三變化：現在式，過去式，過去分詞，它們的變化如下：

現在式	過去式	過去分詞	
am	was	been	(346)
is	was	been	(347)
are	were	been	(348)

現在我們再舉一個例子：

I am here. （我在這裡。） (349)

在(349)句中，其中"am"就是"be"動詞，但是在中文句子中，卻不見有動詞(請注意，「在」並不是動詞)。不過，中文這麼寫是通的，若將(349)直接照中文譯成英文：

I here.　（×）

就不通了，因為我們曾說過，若要表達完整的意思，英文句子中非有動詞不可，否則就不能形成一個完整的句子，好幾個字組合在一起，不能代表一個完整的意思，就只能把它叫做「片語」(phrase)，這裡所說的「片語」以後會說明。

現在我們回頭再看(349)句中的"be"動詞，若將(349)句英文直接按字譯成：

「我是這裡。」　（×）

唸起來就覺得奇怪了。

要把「是」字看成是一個動詞，這對大多數的國人而言是非常不習慣的。破除這種學習困難的最好方法是把 am, is, are 當做普通動詞一樣的看待。

我們先用(231)的「來」造句：

I <u>come</u> here.　(我來這裡。)　　　　　　　　　　　　　　(350)

I <u>came</u> here yesterday.　(我昨天來這裡。)　　　　　(351)

I <u>have come</u> here.　(我已經來這裡。)　　　　　　　(352)

現在用(349)句配合(346)三變化寫三個句子：

I <u>am</u> here.　(我在這裡。)　　　　　　　　　　　　　(353)

I <u>was</u> here yesterday.　(我昨天在這裡。)　　　　(354)

I <u>have been</u> here.　(我已經在這裡。)　　　　　　(355)

仔細比較(350)～(352)與(353)～(355)，只是將字改換而已，即

come　　came　　come

↓　　　　↓　　　　↓

am　　　was　　　been　　　　　　　　　　　　　(356)

所以學英文像學數學一樣，只要把基本原理弄通，把公式的眞正的道理
搞懂，只要會代換，就可舉一反三，一通百通了。

現在若在“be”動詞後面接一個形容詞，看如何變化，以：

「我很忙。」

爲例子，當然若寫成：

I very busy.　(×)

是錯的，因爲沒有動詞，應該是：

I <u>am</u> very busy.　（我很忙。）　　　　　　　　　　(357)

I <u>was</u> very busy yesterday.　（我昨天很忙。）　　(358)

I <u>have been</u> very busy.　（我（已經）很忙。或我一直很忙。）

(359)

若在 be 動詞後接一個名詞，怎麼變化呢，今以：

「我是一個老師。」

爲例子，請看以下三種不同的句型：

I <u>am</u> a teacher.　（我是老師。）　　　　　　　　(360)

I <u>was</u> a teacher last year.　（我去年是老師。）　(361)

I <u>have been</u> a teacher.　（我已經是老師。）　　(362)

把這些基本的句型讀通之後，以後讀其它更複雜的句型時，就會胸
有成竹了。

(355)句若用臺語說，就是「我有在這裡。」跟英文完全一一對應：
“I <u>have</u> been here.”的確是一種巧合。

繞口令可讓舌頭跳「扭扭」舞

　　唸繞口令(tongue twister)對學英文有正面的影響作用，因為它能幫我們訓練清晰的口齒和靈活的唇舌。最好是在每日清晨起床後唸幾首輕鬆的繞口令，這對發音會有很大的幫助。

　　以下是幾首有趣的繞口令：

△　I lend ten men ten hens.　　　　　　　　　　　　　　(363)

　　（我借給十個人十隻母雞。）

其中除了"I"之外都有 [ɛ] 的音，例如：

lend	[lɛnd]	借	(364)
ten	[tɛn]	十	(365)
men	[mɛn]	人	(366)
hen	[hɛn]	母雞	(367)

△　She sells sea shells by the sea shore.　　　　　　　(368)

　　If she sells sea shells by the sea shore,　　　　　　(369)

　　where are the sea shells she sells by the sea shore?　(370)

　　（她在海邊賣海貝殼。假如她在海邊賣海貝殼，何處是她在海邊賣的海貝殼？）

　　這首繞口令可訓練 [s] 與 [ʃ] 的發音，相當有趣。句子中的生字：

sell	[sɛl]	賣	(371)
shell	[ʃɛl]	貝殼	(372)
sea	[si]	海	(373)
she	[ʃi]	她	(374)

另一首繞口令唸起來像唱歌一樣，非常有趣：

△　Of all the saws I ever saw, (375)

I never saw a saw saw like this saw saws. (376)

（在所有我看過的鋸子中，我從未看過一把鋸子像這把鋸子鋸過。）

其中的"saw"有三種解釋：

saw　[sɔ]　鋸子（名詞），鋸（動詞）；see（看）的過去式

(377)

"saw"這個字何處當「看」解，何處當「鋸子」，又何處當「鋸東西」解，就要看它在句中的相關位置了。請看以下句子：

I see a saw.　（我看到一把鋸子） (378)

I saw a saw.　（我看到一把鋸子。）（過去式） (379)

A saw saws a saw.　（一把鋸子鋸一把鋸子。） (380)

I saw a saw saw a saw.（我看到一把鋸子鋸一把鋸子。）

(381)

　　大家可能聽說過，練功最好的時間是在清晨。同樣，學習一種語言也不例外，訓練發音最好的時間是在清晨。每天起床盥洗後，第一件事就是練習發音，把學習過的繞口令或短文多唸幾遍，例如(363)，(368)，(375)等等，這對語言的學習有莫大的幫助。各位每天清早至少唸一二十分鐘左右，持之以恒，必然會有顯著的進步。

　　另外還有一首更有趣的繞口令，比較難唸，唸起來舌頭容易打結，像放爆竹一樣，各位不妨一試：

△　Peter Piper picked a peck of pickled peppers. (382)

A peck of pickled peppers Peter Piper picked. (383)

If Peter Piper picked a peck of pickled peppers, (384)

where is the peck of pickled peppers Peter Piper picked?

（彼得派波揀了一配克的醃辣椒。

一配克的醃辣椒彼得派波揀到了。

假如彼得派波揀了一配克醃辣椒，

何處是彼得派波揀的一配克醃辣椒？）

其中的生字說明如下：

Peter	[ˈpitɚ]	彼得，是名字	(385)
Piper	[ˈpaɪpɚ]	派波，是姓。（英文姓名的寫法是將名字寫在姓前面，姓寫在後面，與中文正好相反）	(386)
pick	[pɪk]	揀，拾起	(387)
peck	[pɛk]	配克，容積單位。	(388)
pickle	[ˈpɪkḷ]	v. 醃	(389)
pickled	[ˈpɪkḷd]	pickle 過去分詞，做形容詞之用，形容後面的字。	(390)
pepper	[ˈpɛpɚ]	胡椒	(391)

中國人最善於唸繞口令，因為中國人的舌頭很靈巧，上面這首英文繞口令連很多美國人都唸不順，各位有機會不妨讓外國人試試。

提起繞口令，中文也有很多繞口令，可使舌頭運動靈活，例如小時筆者在大陸常唸的一首是：

廟裡鼓，鼓破用布補，鼓補布？布補鼓？樓上瓶碰破樓下盆，盆碰瓶？瓶碰盆？

唸起來非常有趣。

還有一首很不容易唸的繞口令是：

△ How much wood would a woodchuck chuck if a wood chuck could chuck wood? He would chuck as much wood as a woodchuck could if a woodchuck could chuck wood.　　(392)

（如果土撥鼠能夠撥弄木頭，那麼土撥鼠會撥弄多少木頭？如果土撥鼠真能撥弄木頭，土撥鼠就會盡土撥鼠所能的去撥弄木頭。）

最後一首是：

△ Fuzzy Wuzzy was a bear. Fuzzy Wuzzy had no hair. Fuzzy Wuzzy wasn't fuzzy, was he(Wuzzy)?　　(392 a)

fuzzy，多毛的；Wuzzy，動物名字(呼叫動物時用)；最後的 was he 與 Wuzzy 讀音很相近，若將 was he 讀快則與 Wuzzy 毫無區別。

多毛的 Wuzzy 是一頭熊，多毛的 Wuzzy 沒有毛，多毛的 Wuzzy 毛並不多，是嗎？

(392 a)的最後一句：

Fuzzy Wuzzy wasn't fuzzy, was he?

是所謂的附加疑問句(tag question)。後面的問句要跟前面一句相反，看了以下的例句之後，對附加疑問句就會有進一步的認識：

He is a good student, isn't he?

（他是個好學生，不是嗎？）

She was late yesterday? wasn't she?

（他昨天遲到了，不是嗎？）

You love her, don't you?

（你愛她，不是嗎？）

You don't love her, do you?

（你不愛她，是嗎？）

You <u>have found</u> a hive, <u>haven't</u> you?

（你已經發現一個蜂巢，可沒有嗎？）

You <u>have not</u> seen her, <u>have</u> you?

（你沒有看到她，是嗎？（或有嗎？））

He <u>came</u> here, <u>didn't</u> he?

He <u>did not</u> come here, <u>did</u> he?

只要把握原則，附加疑問句是非常容易學習的。

未來式的句型

一件事想要做而尚未做，就要用未來式，例如「我將去台北。」「他將上學。」「她明年將教英文。」……這些句子中都有一個「將」字，它就是表示未來的關鍵字。句子中有這個「將」字表示動作會在未來發生，而不在過去或現在發生，例如上面說的「我將去台北。」表示不是過去或現在去，而是指未來，可能是明天、可能是幾個小時之後，可能是下個星期。在英文裡，有一個將(will)字，可用來表示未來式。

will　　　　　[wɪl]　　　　將

現在舉幾個例子，便可了解"will"的用法：

I will go to Taipei.　　（我將去台北。）　　　　　　　　　(393)

He will go to school.　　（他將上學。）　　　　　　　　　(394)

She will teach English.　　（她將教英文。）　　　　　　　(395)

從(393)～(395)句可看出，"will"後面要接動詞的原形，若說明：

He will goes to school.　　（×）

She will teaches English.　　（×）

上兩句都錯了，因為"will"後面沒有接原形動詞。但若將 will 去掉，而成為：

He goes to school.　　（他上學。）　　　　　　　　　　　(396)

She teaches English.　　（她教英文。）　　　　　　　　(397)

就是簡單的現在式，意思與(393),(394)，不盡相同。

"will"一字在文法上屬於「助動詞」，既然是「助動」詞，所以要放在動詞的前面。而且再強調一次，助動詞後面接的動詞要用原形、不可加"s", "ing"或用過去分詞。

若把(393)～(395)句子後面加上時間，如：

tomorrow　　[tə'mɔro]　　明天　　　　　　　　　　　　(398)

next year　　[nɛkst jɪr]　　明年　　　　　　　　　　　　(399)

等等在文法叫做「時間副詞」的字，語意就更清楚了。例如：

I will go to Taipei tomorrow.　　　　　　　　　　　　(400)

　　（我明天將去台北。）

She will teach English next year.　　　　　　　　　　(401)

　　（她明年將教英文。）

順便一提的是英文的時間副詞通常是放在句子的後面，而中文卻放在前面，這只是習慣上的差異。若是把(400),(401)句照英文的順序直譯成中文，就不通順了，請說說看：「我將去台北明天。」「她將教英文明年。」聽起來就像剛學中文的老外講國語一樣，非常不順耳，各位認爲如何？

　　剛剛我們讀過，"will"後面接原形動詞，那麼"be"動詞是否可接到"will"的後面呢？以前曾說明過，am, are is 屬於"be"動詞，理應可直接加在"will"後面，但是要記得一句話："will"後面要接原形動詞, am, is are 不是"be"動詞的原形，而原形就是"be"本身！現在我們把(38)～(42)五句用未來式表示：

I will be hungry.　　（我將會餓。）　　　　　　　　　(402)

You will be thirsty.　　（你將會渴。）　　　　　　　　(403)

He will be angry.　　（他將會生氣。）　　　　　　　　(404)

She will be happy.　　（她將會高興。）　　　　　　　　(405)

It will be dirty.　　（它將會骯髒。）　　　　　　　　　(406)

　　國人初學英文，對"be"動詞最感頭痛，其實只要把基本觀念搞通了，就易如反掌。學英文如此，學其它任何課程何嘗不是一樣呢？請注意，千萬不可將(402),(403),(404)寫成：

I will <u>am</u> hungry. （×）

You will <u>are</u> thirsty. （×）

He will <u>is</u> angry. （×）

這樣寫就表示只唸通了一半。

了解這個法則之後，同樣可以把(22)～(25)寫成未來式的形式：

I will be a doctor. （我將成爲醫生。） (407)

You will be a lawyer. （你將成爲律師。） (408)

He will be a soldier. （他將成爲士兵。） (409)

She will be a teacher. （他將成爲老師。） (410)

把(26)句變爲未來式，另外加一個字：

big [bɪg] 大的 (411)

比較合乎邏輯：

It will be a big tiger. （牠將成爲一隻大老虎。） (412)

(412)句中若將"big"一字去掉，在文法上來講，句子是通的，但是

It will be a tiger. （牠將成爲老虎。） (413)

這句話會讓人產生牠現在不是老虎(可能是別種動物，也許是貓或狗)，但是牠以後將成爲老虎的錯覺。所以(413)在文法上沒錯，不過在語意上有問題，不太合常理，也不太合邏輯。

我們再做一些未來式的練習：

將(315)句後面補一句未來式：

I will eat a pear. (413 a)

同樣，在(319), (323), (327), (331), (335)後面加一句未來式：

She will go to school. (413 b)

The leaves will fall. (413 c)

He will take a walk. (413 d)

They will build a house. (413 e)

She will teach me English. (413 f)

未來的進行式如何表示呢？以前談過進行式，現在我們將未來式與進行式合起來，形成未來進行式。例如：「當你明天來看我時，我將正在吃梨子。」

When you come to see me tomorrow, I will be eating a pear. (413 g)

(413 g)中的 will be 是 be 動詞的未來式，eat 加 ing 變成了進行式。因此，(413 g)就是未來進行式。

現在式、過去式、完成式、進行式和未來式總複習

到現在爲止，我們已經學了五種基本式(tense)，這是文法上的用語，分別寫出來：

present tense	現在式	(414)
past tense	過去式	(415)
perfect tense	完成式	(416)
progressive tense	進行式	(417)
future tense	未來式	(418)

各位暫時不必刻意強記這五個式的英文，看多了，自然就會。這五種基本式在日常生活中時時都會用到，什麼時候用什麼式，要看情形而定。我們先學幾個常用的疑問詞，然後舉例說明，各位自然就會豁然貫通了。

what	[hwɑt]	什麼	(419)
who	[hu]	誰	(420)
when	[hwɛn]	何時	(421)
why	[hwaɪ]	爲何	(422)
where	[hwɛr]	何處	(423)
which	[hwɪtʃ]	那一個，何者	(424)
how	[haʊ]	如何	(425)

我們用一位媽媽(mother)和她的小孩小約翰(Johnny)的對話說明：媽媽從外面回家，看到 Johnny 在客廳，發現放在餐桌上的蘋果不見了，問 Johnny 道：

mother：	Did you eat the apple on the table？	(426)

（你吃了桌上的蘋果嗎？）（過去式）

這句話用"did"開頭，當然指的是過去是否吃

了，而不是現在吃。於是 Johnny 說：

Johnny： No, I did not eat it.　　　　　　　　　　(427)

　　　　（不，我沒吃。）

　　　　Johnny 用"did not"回答，而不用"do not"，

　　　　表示過去沒吃。媽媽又問：

mother： What did you eat ?　　　　　　　　　　(428)

　　　　（你吃了什麼？）（指剛剛吃了什麼。）

Johnny： I ate a pear.　　　　　　　　　　　　(429)

　　　　（我吃了一個梨子。）

mother： What do you like to eat now ?　　　　(430)

　　　　（現在你喜歡吃什麼？）

Johnny： I like to eat a peach.　　　　　　　　(431)

　　　　（我喜歡吃一個桃子。）

　　　　(430), (431)兩句都用現在式，不用過去式。

mother： What have you eaten ?　　　　　　　　(432)

　　　　（你已經吃了什麼？）

Johnny： I have eaten a cake.　　　　　　　　　(433)

　　　　（我已經吃了一個蛋糕。）

　　　　原來 Johnny 在他媽媽出去的時候，先吃了一

　　　　個蛋糕，所以他回答已經吃了蛋糕，要用完成

　　　　式。現在 Johnny 又在吃東西，媽媽看到了。

mother： What are you eating ?　　　　　　　　(434)

　　　　（你正在吃什麼？）

Johnny： I am eating candy. (435)

(我正在吃糖果。)

過了一會兒，媽媽到廚房洗水菓，

mother： What will you eat? (436)

(你將要吃什麼？)

Johnny： I will eat pineapple. (437)

(我將吃鳳梨。)

(434)，(435)是進行式，(436)，(437)是未來
式。

從(426)到(437)，可看到過去式、現在式、完
成式、進行式和未來式。我們再用另一句做說
明：

mother： Did you do your homework? (438)

(你做了你的功課嗎？)

Johnny： Yes, I did my homework. (過去式) (439)

(是的，我做了我的功課。)

mother： Do you do your homework? (440)

(你做你的功課嗎？)

Johnny： No, I do not do my homework.(現在式) (441)

(不，我不做我的功課。)

mother： Have you done your homework? (442)

(你已經做完你的功課嗎？)

Johnny： No, I have not done my homework. (443)

(完成式)

(不，我沒做完我的功課。)

mother： When will you do your homework ? (444)

（你什麼時候將做功課？）

Johnny： I will do my homework at 8 o'clock. (445)

（未來式）

（我要在八點鐘才做我的功課。）

mother： What are you doing ? (446)

（你正在做什麼 ？）

Johnny： I am reading the newspaper.（進行式） (447)

（我正在看報紙。）

上面有十句對答，各位仔細唸完後，就能把握五個基本式的關鍵了。
現在我們用「他造狗屋」。爲例，寫出五個基本式：

He builds a dog house. （現在式） (447 a)

He built a dog house. （過去式） (447 b)

He has built a dog house. （完成式） (447 c)

He is building a dog house. （進行式） (447 d)

He will build a dog house. （未來式） (447 e)

當然，上面討論的這五種句型還可進一步做若干組合，例如可將過
去式和進行式配在一起，而形成了過去進行式，例如：「昨天你來看我
時，我正在吃蘋果。」

When you came to see me yesterday, I was eating an
apple. (447 f)

把(176)公式中 be 動詞用過去式，就成了過去進行式。

未來式還可跟完成式配合，而變爲未來完成式。其它還有若干組合
的形式，以後唸多了，自然就會變化，現在不多講了。

被動式的句型

請看下句話：

「這棟房子蓋好了。」 (448)

(448)句並不表示這棟房子把它自己蓋好，房子不會自己蓋自己，一定是被蓋好的。(448)句事實上是被動的句型，由於國人說話的習慣與英文不同，通常不用一個「被動」的「被」字，固然能聽得出是被動的句子，但把這個句子譯成英文的時候，難免會發生錯誤，初學者不可不慎。

若是在句子中加上一個「被」字，被動的意義就明顯多了，例如以下的句子：

「一隻蜜蜂被我看到。」 (449)

「一個蜂巢被你發現。」 (450)

「一個盤子被他打破。」 (451)

(449)～(451)三句話中都有「被」字，所以是被動的句型。這些被動的句子如何譯成英文呢？在英文句子中沒有一個與中文「被」字相對應的英文字。英文被動式是用以下的形式表示的：

"be"動詞＋過去分詞⇨被動式 (452)

(448)～(451)四句的英文翻譯如下：

This house is built. （這棟房屋被建造。） (453)

A bee is seen by me. （一隻蜜蜂被我看到。） (454)

A hive is found by you. （一個蜂巢被你發現。） (455)

A plate is broken by him. （一個盤子被他打破。） (456)

上面四句中的"is built", "is seen", "is found"和"is broken"都是(452)公式的形式。就是"be"動詞加上過去分詞就成了被動式的句型。(453)～(456)句中的"by"字就是「被」的意思，它是介系詞，所以後面要接受格，若寫成：

A bee is seen by I.　（×）

A plate is broken by he.　（×）

就錯了。

以下看主動和被動之間的關係：

He speaks English.　（他說英語。）　　　　　　　　(457)

English is spoken by him.　（英語被他說。）　　　(458)

She sings a song.　（她唱一首歌。）　　　　　　　(459)

A song is sung by her.　（一首歌被她唱。）　　　(460)

A cat eats a mouse.　（貓吃老鼠。）　　　　　　　(461)

A mouse is eaten by a cat.　（老鼠被貓吃。）　　(462)

A hunter kills a fox.　（獵人殺死一隻狐狸。）　　(463)

A fox is killed by a hunter.　（狐狸被獵人殺了。）　(464)

　　既然被動式是由"be"動詞加過去分詞形成的，所以只要將"be"動詞做適當的變化，就可形成過去式、完成式等不同的形式，請看以下例句（(461)為現在式、而(462)為現在被動式）：

A cat ate a mouse.　（過去式）　　　　　　　　　(465)

A mouse was eaten by a cat.　（過去被動）　　　(466)

A cat has eaten a mouse.　（完成式）　　　　　　(467)

A mouse has been eaten by a cat.　（完成被動）　(468)

請留意(462)，(466)，(468)中劃了底線"be"動詞的變化，這些請參看(353)～(355)，(357)～(359)，(360)～(362)中的"be"動詞，都完全是相同的。只要掌握住"be"動詞，就會減少很多學英文的困擾。

　　現在以(454)為例寫出現在、過去和完成式的主動、被動式句型：

$$\begin{cases} \text{I see a bee.} & (469) \\ \text{A bee is seen by me.} & (470) \end{cases}$$

$$\begin{cases} \text{I saw a bee.} & (471) \\ \text{A bee was seen by me.} & (472) \end{cases}$$

$$\begin{cases} \text{I have seen a bee.} & (473) \\ \text{A bee has been seen by me.} & (474) \end{cases}$$

讀者可將以下的句子改成被動： [註]

1. The early bird <u>catches</u> the worm.   (475)

2. The early bird <u>caught</u> the worm.   (476)

3. The early bird <u>has caught</u> the worm.   (477)

4. I <u>buy</u> a new car.   (478)

5. I <u>bought</u> a new car.   (479)

6. I <u>have bought</u> a new car.   (480)

到現在爲止，我們已經學了進行式和完成式，這兩種基本形式的不同點可從句型的結構看出來，以數學的觀念來看，兩者的方式不同，前者爲(176)式，後者爲(217)式。重寫如下：

     to be＋現在分詞⇨進行式   (481)

     to have＋過去分詞⇨完成式   (482)

現在若把這一節所談的被動式寫在這裏，就好做一個比較了，(452)式重

[註] (475)～(480)的解答（被動形式）分別如下：

1. The worm <u>is</u> caught by the early bird.

2. The worm <u>was</u> caught by the early bird.

3. The worm <u>has been</u> caught by the early bird.

4. A new car <u>is</u> bought by me.

5. A new car <u>was</u> bought by me.

6. A new car <u>has been</u> bought by me.

寫如下：

　　to be＋過去分詞⇨被動式　　　　　　　　　　　　　　　　　(483)

　　把英文讀好的首要條件是先將動詞的變化情況摸清楚，句型分辨清晰，然後才能更上層樓。我們再用“eat”（吃）舉例：

　　He is eating a peach.　　（他正在吃一個桃子。）　　　　　　(484)

　　He has eaten a peach.　　（他已經吃了一個桃子。）　　　　　(485)

　　A peach is eaten by him.　（一個桃子被他吃了。）　　　　　(486)

上面三句正好配合(481)～(483)三個式子寫出來的，三個公式中有“to be”，“to have”，其中的“to”字代表「不定詞」的意思，「不定詞」是文法上的用語，表示“to”後面的動詞要跟隨主詞變化，例如“I”就要跟“am”，“you”要跟“are”，“he”、“she”、“it”要跟“is”，“we”、“you”、“they”跟“are”，這是“to be”的用法；“to have”是指“I”、“you”、“we”、“they”要接“have”，“he”、“she”、“it”接“has”。以上談的是現在式，若是過去式，就要將“am”、“is”變成“was”，而“are”變成“were”；“have”、“has”變成“had”。

　　現在我們把(222)～(242)所列舉的一些規則及不規則動詞挑出若干個，然後根據(481)～(483)三種句型來造句：

　　She is selling the sea shells.　　（進行式）　　　　　　　(487)
　　（她正在賣海貝殼。）

　　He has bought a new house.　　（完成式）　　　　　　　(488)
　　（他已經買了一棟新房子。）

　　This old house is sold by her.　　（被動）　　　　　　　(489)
　　（這棟舊房子被她賣了。）

只要把動詞三變化背熟(初學者一定要反覆練習，熟能生巧！)，把基本句型分清，(481)～(483)公式記牢，自然而然就會運用自如，變化萬千了。學英文就像學數學一樣，只要懂得公式的意義，會活用它，再加上一些運算方法和技巧，自然就會舉一反三(甚至三十，三百，……)，以筆者的經驗，數學比英文簡單，而英文又比國文簡單不知其幾。身爲中國人，國文都學會了，英文、數學又有什麼好怕的呢？我們暫時離開英文主題，來談點數學吧！

兩數和的平方公式是：

$$(a+b)^2 = a^2 + 2ab + b^2 \qquad (490)$$

我們將 a 看做第一數，b 看做第二數，現在將此二數加起來$(a+b)$，然後將它平方，即$(a+b)^2$，其結果等於第一數的平方 (a^2) 加上第二數的平方 (b^2)，再加上第一數乘第二數 (ab) 的兩倍 $2ab$，這一大堆話就是(490)式。其實這個道理是非常簡單的，看圖五便可了解。

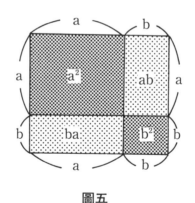

圖五

原來$(a+b)^2$是整個大正方形的面積，而這個大的正方形是由兩塊正方形 a^2 和 b^2 以及兩塊長方形 ab 組成的，所以(490)公式的意義就更容易懂了。今若令 a＝4，b＝3，往公式(490)中一代，就可得到$(4+3)^2 = 4^2 + 2 \times 4 \times 3 + 3^2$，各位試試，左邊等於 49，右邊＝16＋24＋9 也等於 49，表示(490)公式是對的，於是可應用到其他的數上，例如：

$$(2x-3y)^2 = ?$$

可改寫成 $[\,2x+(-3y)\,]^2$, 應用(490)式, 直接代入

$\qquad [\,2x+(-3y)\,]^2=(2x)^2+2(2x)(-3y)+(-3y)^2$

應用一點運算技巧得到

$\qquad 4x^2-12xy+9y^2$

即 $\quad (2x-3y)^2=4x^2-12xy+9y^2$ (491)

我們無意在這本書中教數學, 我們只是舉一個小小的例子, 說明學問都是相通的, 常聽人說「一通則百通, 一不通則百不通」, 也就是只要把道理弄通了, 讀什麼都通。否則, 道理不通, 一味強讀死記, 一定是每一樣都不通。

通理之後, 我們看以下的句子是否有誤:

He is <u>read</u> a book. （×） (492)

進行式的動詞應為現在分詞 reading, (492)改為:

He is reaing a book. （他正在讀一本書。） (493)

(492)亦可改為:

He read a book. （他讀一本書。）（過去） (494)

或 He reads a book. （他讀一本書。）（現在） (495)

請注意 read 的三變化完全相同, 即:

read[rid]　read[rɛd]　read[rɛd] (496)

但注意發音不同。請看另一句:

He <u>have</u> <u>buys</u> a book. （×） (497)

句中的 have 應改為 has, 因主詞為 he （第三人稱、單數）, buys 應改為 bought （過去分詞）, (497)應改為:

He has bought a book. （他已買一本書。） (498)

或將(497)句中的 have 去掉亦可:

He buys a book. （他買一本書。） (499)

現在我們將(447 a)～(447 e)五句都改換爲被動：

A dog house <u>is</u> built by him. （一個狗屋被他建造。）

(499 a)

A dog house <u>was</u> built by him.   (499 b)

A dog house <u>has been</u> built by him.   (499 c)

A dog house <u>is being</u> built by him.   (499 d)

A dog house <u>will be</u> built by him.   (499 e)

各位要特別注意的是進行式，未來式中 be 動詞的變化。尤其是(499 d)進行式的 be 動詞要加"ing"而成 being，表示進行的被動。(499 e)中的 will be 表示未來的被動。

　　疑問句如何寫呢？同樣，我們可照以前介紹的疑問句寫法將(499 a)～(499 e)寫成：

Is a dog house built by him ?   (499 f)

Was a dog house built by him ?   (499 g)

Has a dog house been built by him ?   (499 h)

Is a dog house being built by him ?   (499 i)

Will a dog house be built by him ?   (499 j)

現在若將疑問詞加進(499 f)～(499 j)句子中，如何寫法？例如

這房子是<u>何時</u>建的？（用過去式）   (499 k)

只須將(499 g)加 when，並把 by him 去掉即可：

When was the house built ?   (499 l)

若是未來式，如何寫？

這房子何時建呢？（未來式）   (499 m)

可將(499 j)加 when，將 by him 去掉即可：

When will the house be built ?   (499 n)

這些寫法學會之後，我們就會寫出其它的句子來，先學一個生字：

publish　　　　〔ˋpʌblɪʃ〕　　　v. 出版　　　　　　　　　(499 o)

這是一個規則動詞，我們現在要翻譯一句：

「這本書是何時出版的？」（過去式）　　　　　　　　　(499 p)

仿(499 l)句，將其中的 the house 改換成 the book；將 built 改換成 published 即可：

When was the book published?　　　　　　　　　(499 q)

我在寫這本書的時候，有人問我：

「這本書什麼時候出版呢？」　　　　　　　　　　　(499 r)

這句話一聽，便知是未來式，所以只須將(499 n)句的字更換一下即可：

When will the book be published?　　　　　　　　(499 s)

對(499 q)問句的回答，可寫成：

The book was published in 1988.　　　　　　　　(499 t)

對(499 s)的回答，可寫成：

The book will be published in 1998.　　　　　　　(499 u)

至於其它的疑問詞 why, how, where……等，也可做適當的應用，例如：

「這棟房子是怎麼建的？」　　　　　　　　　　　(499 v)

可用"how"；

How was the house built?　　　　　　　　　　(499 w)

「為什麼建這棟房子？」　　　　　　　　　　　(499 x)

這句話當要用"why"起頭，把(499 w)中的 how 改成 why 即可：

Why was the house built?　　　　　　　　　　(499 y)

我們平時說的很多話，本質上，大都是被動的，但是我們常常說成主動的形式，這是國人學英文很大的障礙，例如這裡有一句話：

　　「這座橋爲什麼建在這裡？」　　　　　　　　　　　　　　（499 z）

這句話是被動的形式，但外表看來，好似主動，正確的說法應該是：

　　「這座橋爲什麼被建在這裡？」　　　　　　　　　　　　　（500）

國人通常不喜歡用「被」字，所以常常出錯，若將(499 z) 譯成：

Why did the bridge build here？（×）　　　　　　　　　（501）

這句話是主動，表示橋自己會建造，中國學生常犯這類錯誤。將(500)譯成英文：

Why was the bridge built here？　　　　　　　　　　　（501 a）

這才是被動的形式。其它的句子可用類似的方法去寫。事實上，學英文就像學代數(數學) 一樣，先學會一個基本的式子 (句型)，然後靈活的代換詞字而已，而這種代換是最簡單的數學代換。我認爲英文比數學簡單，但比數學繁，因爲必須費神記生字，這就需要各位投下心力了。切記：「學問沒有暴發戶。」點點滴滴去累積，最後一定會有收穫的。

現在分詞與過去分詞的其它用法

在進行式中要用到現在分詞，例如：

He is sleeping. （他正在睡覺。） (502)

在完成式中要用到過去分詞，例如：

She has lent me a hen. (503)

（她已經借給我一隻母雞。）

在被動式中也要用到過去分詞，例如：

English is taught by her. (504)

（英文被她教。）

上面三句中的現在分詞（如(502)中之 sleeping）及過去分詞（如(503)及(504)中之 lent 及 taught）是進行式和完成式句子中的關鍵字(key word)。

現在分詞和過去分詞除了上述的作用之外，還可當做形容詞之用，我們先看以下的句子：

Let sleeping dogs lie. (505)

（讓睡覺的狗躺著。意即別惹是生非。）

A barking dog does not bite. (506)

（吠犬不咬人。）

A rolling stone gathers no moss. (507)

（滾石不生苔。）

A flying bird is catching a flying butterfly. (508)

（一隻飛鳥正在捕捉一隻正在飛的蝴蝶。）

上面(505)～(508)四句中的 sleeping, barking, rolling 和 flying 都

是現在分詞，做形容詞用，

    sleeping dogs　　（正在睡覺的狗。）　　　　　　　　　　　　(509)

    a barking dog　　（一隻正在吠的狗。）　　　　　　　　　　(510)

    a rolling stone　　（一個正在滾的石頭。）　　　　　　　　(511)

    a flying bird　　（一隻正在飛的鳥。）　　　　　　　　　　(512)

    a flying fly　　（一隻正在飛的蒼蠅。）　　　　　　　　　(513)

現在分詞是由動詞的原形加 ing 而形成的，它可當形容詞用，具有主動的意味，沒有被動的特性。但是過去分詞就不同了，請看下面的句子：

    I see a broken cup.　　（我看到一個破的杯子。）　　　　(514)

    Do not cry over spilt milk.　　　　　　　　　　　　　(515)

    （不要對著打翻的牛奶哭泣。）

    Do not buy a stolen car.　　　　　　　　　　　　　　(516)

    （不要買偷來的車子。）

    I eat boiled rice.　　（我吃飯。）（煮過的米）　　　　　(517)

(514)～(517)句中的 broken (break 的過去分詞)，spilt (spill 的過去分詞)，stolen (steal 的過去分詞)，boiled (boil 的過去分詞) 也做為形容詞之用，但是它們具有被動的特性，例如 a broken cup （一個破杯子) 中的 broken 有「被打破的」的含意，杯子不會自己把自己打破，一定是被打破的，所以要用過去分詞，而不能用現在分詞。請看下面的句子：

    This cup is broken.　　（這杯子被打破了。）　　　　　(518)

    This is a broken cup.　　（這杯子是破的。）　　　　　　(519)

當然(518)句是「杯子被打破」後，就成了(519)句「這是個破杯子」了。同樣，(515)句中打翻的牛奶(spilt milk)是被打翻的，而不可能牛奶把自己弄翻倒；而(516)中 a stolen car (一輛贓車，或偷來的車) 不是說明車子會偷自己, 而是被別人偷來的, 所以一定要用被動的形式, 於是要用過去分詞, 例如：

This car is stolen.　（這車被偷。）　　　　　　　　　（520）

This is a stolen car.　（這是一輛偷來的車。）　　　　（520 a）

（517）句中的 boil（煮沸）是規則動詞, 過去式和過去分詞只要加 ed 即可, rice（米）被「煮」後就成了飯（boiled rice）, 米是不會自己煮的, 一定是被煮, 所以要用過去分詞"boiled"而成了 boiled rice。現在再將（514）〜（517）句中的過去分詞（做形容詞用）寫在下面：

a broken cup　　　　（一個破杯子）　　　　　　　　（521）

spilt milk　　　　　（打翻的牛奶）　　　　　　　　（522）

a stolen car　　　　（一輛贓車）　　　　　　　　　（523）

boiled rice　　　　　（飯（被煮的米））　　　　　　（524）

很奇妙的是「開水」却用現在分詞"boiling",

boiling water　　　（開水）　　　　　　　　　　　（525）

可能是習慣問題, 請不要弄錯。

每當學一樣新的課程或接受一種新的概念時, 一定要先對它有一概括的了解, 然後再做細節的探討, 也就是先要有廣度, 然後才顧及深度。這裡所說明的現在分詞和過去分詞的用法, 只是諸多用法的另一種而已, 當然還有其它的用法, 這要等以後對英文的句子有更深一層的認識之後, 再繼續介紹。

在說明下一個主題之前, 我們把現在分詞和過去分詞之用法做一次綜合研討, 請看下面的例句：

A flying dragonfly is catching a flying fly.　　　　（526）

（一隻正在飛的蜻蜓正在捕捉一隻正在飛的蒼蠅。）

（526）句中的 flying 是現在分詞, 當形容詞用。句中的生字為：

dragon	[`dʒrægən]	龍	(527)
fly	[flaɪ]	飛，蒼蠅	(528)
dragonfly	[`dʒrægənflaɪ]	蜻蜓 [註]	(529)

"catching"爲"catch"的現在分詞，爲進行式。

另外請看以下過去分詞所形成的句子：

A <u>stolen</u> sheep is <u>found</u> by a <u>lost</u> boy.　　　　(530)

（一隻被偷的羊被一個走失的小孩發現了。）

(530)中 stolen, found, lost 分別是 steal（偷），find（發現），lose（遺失）的過去分詞，但 stolen 和 lost 分別形容 sheep 和 boy，而 found 則做爲被動式。

仔細研讀(526)和(530)兩句，非常有趣。從這句話中，我們能進一步了解現在分詞和過去分詞的不同用法，在英文學習的過程中，現在分詞和過去分詞扮演極爲重要的角色，初學者要多下工夫。

[註] dragonfly 係由 dragon（龍）與 fly（飛）組合而成，蜻蜓的兩隻大眼睛如龍，所以 dragonfly 爲蜻蜓。另外 firefly[`faɪrflaɪ] 爲螢火蟲，因 fire[faɪr]（火）加 fly，火飛豈不是螢火蟲。另外還有 butter[`bʌtɚ]（奶油），加上 fly 成了 butterfly（蝴蝶）。英文的造字也是很有趣的。

談談學英文的方法與中文和英文的差異

　　學英文就像建造大樓一樣，不但要懂得建造的方法，而且還要了解各種建材的特性。若要把英文學好，一定要了解組成英文的八大詞類，所謂八大詞類，就是：

1. 名詞　　（noun）　　　　　　　　　　　　　　　（531）
2. 代名詞　（pronoun）　　　　　　　　　　　　　　（532）
3. 動詞　　（verb）　　　　　　　　　　　　　　　 （533）
4. 形容詞　（adjective）　　　　　　　　　　　　　 （534）
5. 副詞　　（adverb）　　　　　　　　　　　　　　 （535）
6. 介系詞　（preposition）　　　　　　　　　　　　 （536）
7. 連接詞　（conjunction）　　　　　　　　　　　　 （537）
8. 感歎詞　（interjection）　　　　　　　　　　　　 （538）

　　若是將英文比成一棵大樹，這八大詞類就像枝幹一樣。當然每一根枝幹還又可分出很多小分枝來，例如以名詞來說，它還可分為專有名詞、普通名詞、集合名詞、物質名詞、抽象名詞等，越分越細。對初學者來說，不必急著去學那些枝枝節節，也不要急著一開始就學得那麼細，要先了解整個大樹的輪廓，然後才逐漸深入，就像畫樹，先畫出樹的大概輪廓，然後才加枝加葉；也像以前我們曾說過的畫臉，先畫出臉的輪廓，然後才描眉畫眼是一樣的。

　　或許有人會提出質疑，我們從來不曾學過中文的文法，卻能讀、說、寫，現在學英文又何必學習文法、研究八大詞類呢？殊不知中文的文法相當複雜，一些文法規則已經隱藏在我們日常所讀的文章或所說的或所聽到的話語之中。我們常看、常說、常聽、常寫，久而久之，習以為常，自然能暢所欲言，出口成章，下筆成文。有些話或句子就是那麼說那麼寫的，根本很難分析出文法上的結構，有時一個句子裡找不出動詞，但句子卻唸得通，例如：

「中國地大物博，歷史悠久，文化精深。」　　　　　　　　(539)

其中就是找不出動詞來，不過，中文就是如此寫的，而且人人能懂，讀起來很順口，若是找一位老美來，他極可能寫成英文式的中文：

「中國的土地是大的，物產是多的，歷史是久的，文化是深的」

聽起來會覺得怪怪的。另外像：

「我好累。」「你很餓。」「他很懶。」「她好漂亮。」　　(540)

之類的句子中根本也找不出動詞來。若是要外國人依照英文的文法規則來講，說成：

「我是累的。」「他是懶的。」……

聽起來又不順耳了。其實，句子中一定要有動詞，沒有動詞，句子就死氣沉沉，了無生氣，但是中文的句子中有些動詞都省略掉了，這種中國人所具有的語言獨特習慣使國人在學英文時，常常會遭遇到潛在的困難。所以在說或寫英文時，不宜先想好中文句子之後，才一字一字對照式的譯成英文。最好的方式是多熟讀英文基本句型，然後從意念中去想英文的句子。初學者務必勉力用這種方法學習，以後才能期盼有快速的進步和紮實的成果。

　　英文不是我們的母語，所以在學習的方法和觀念上不能和學中文相提並論，在文法的結構方面而言，英文比中文嚴謹，而且必須依循一定的文法規則才能寫出正確的句子，而中文就不同了，字義與詞義的變化多端，令人難以揣摸，與英文相比較，中文要難學多了。一個國家的語文是否能影響該國民族的民族性，值得探討。以筆者個人的觀點來看，英美人士較守法紀、重理智，是否跟他們的語言文字有關呢？最起碼英文是一種很守法（遵照文法規則）的語文，而中國人的民族性多變、善變，而比較重人情、情理，是否跟中國的語言文字有關聯呢？因為中文太多變又太善變了。茶壺四周寫的五個字；如圖所示，順時針方向唸，從任何一個字開始唸都唸得通：

心也可以清　　　　　　　　　　　　　　　　　　　　(541)

也可以清心　　　　　　　　　　　　　　　　　　　　(542)

可以清心也　　　　　　　　　　　　　　　　　　　　(543)

以清心也可　　　　　　　　　　　　　　　　　　　　(544)

清心也可以　　　　　　　　　　　　　　　　　　　　(545)

五個字有五種不同的唸法，只有中文才有這種多變的特性。英文句子一經寫好，主詞動詞各有其定位，絲毫動彈不得，試看下面句子中的五個字（即(254)句）：

It is a fine day.

能任意輪換嗎？一換馬上就天下大亂了。中文句子不但可輪換，還可以倒過來唸，試看以下四句：

處處飛花飛處處。　　　　　　　　　　　　　　　　　(546)

潺潺碧水碧潺潺。　　　　　　　　　　　　　　　　　(547)

樹中雲連雲中樹。　　　　　　　　　　　　　　　　　(548)

山外樓遮樓外山。　　　　　　　　　　　　　　　　　(549)

(546)～(549)四句話，每句都可倒轉過來唸，跟正著唸完全一樣，這種特性也只有在中文裡才找得到。英文句子寫好後就「定死」了，試將"She is a teacher."倒著唸，根本就不通。

有一則中國文字具有人情味的故事，是描寫在古代荒年時一個窮人，爲了養家活口，白天闖入一毛不拔的富翁家的家裡搶米。搶刼理當處死，因爲告他的狀子上寫道：「白天從大門而入。」判官見富人杖勢凌人，又覺窮人情有可原，頓生憐憫之心，於是把大門的「大」字右上方加了一「點」，由「大」變成了「犬」，於是「由大門而入」本來是強盜行爲，加了一點，成了「由犬門而入」，只是小偷行爲，判刑自然輕多了。在法治的觀點來看，判官犯了篡改文書罪；但在人情上，他救了窮人一命。若是當初「狀子」是用英文寫的，想把「大」(big) (請看 411) 改成「犬」(dog)，就不那麼容易了。這或許是中文多變、善變的特性而直接或間接使中國人富有人情味，在情、理、法三者都不能得兼時較重情、理的一種原因吧！

還有一則有趣的有關中文善變的故事：

一個富而無禮的富翁隔壁住了一位滿腹經綸而富於正義感的窮秀才，每當雨過天晴，富翁總會把客廳裡裝樣子擺排場用的書搬出來晒太陽，這時候窮秀才卻故意躺在書旁掀開上衣晒肚皮。富翁問何故，秀才摸摸肚皮，答道：「跟你一樣晒書啊！」原來秀才是諷刺富翁只晒書不讀書，而秀才的書都讀到肚子去了，富翁憤然而去。一年春節將至，窮秀才寫了一副對聯，貼在富翁大門上，

左聯是 「今歲逢春好不晦氣」 (550)

右聯是 「終年倒運少有餘財」 (551)

上匾寫的是 「此宅安能居住」 (552)

富翁撕下對聯，告到衙門，要縣官打秀才一百板屁股，原由是秀才寫的對聯分明是在罵他，因爲他唸道：

「今歲逢春，好不晦氣。」　　　　　　　　　　　(553)

「終年倒運，少有餘財。」　　　　　　　　　　　(554)

「此宅安能居住？」　　　　　　　　　　　　　　(555)

秀才答道：「縣太爺切莫聽他胡言，我分明是在歌頌他，他竟將好意曲解，真是冤枉好人啊！」接著他唸道：

「今歲逢春好，不晦氣。」　　　　　　　　　　　(556)

「終年倒運少，有餘財。」　　　　　　　　　　　(557)

「此宅安，能居住！」　　　　　　　　　　　　　(558)

縣太爺聽了，覺得言之有理，反責富翁不會分段分句，沒有學問，叫人打了他十板屁股，秀才大稱快哉。

中文善變、多變的例子很多。因為限於篇幅，所以只略舉一二。相反的，英文句子一經寫好，逗點、句點清清爽爽，絲毫馬虎不得，不可能像中文這樣容易前後搬家。

中文裡還有很多字可做不同的解釋，有時甚至連詞類都變了，例如「白」字可做形容詞用，例如「白晝」、「白浪淘淘」、「白花」、「白狗」……，但也可當動詞用，例如「她白了我一眼。」在英文裡，"white"（白）就無法當動詞用了。

學英文到底從那一種詞類開始學比較好呢？依照我們從小開始學說話的過程來看，嬰孩牙牙學語，大都是先學一些名詞，最早的字，一定是先講「媽媽」、「爸爸」，然後才開始說一些動詞，例如「尿尿」（或「西西」），「貓貓」，「狗狗」……。其次是學著說代名詞，例如「我」，「你」，「他」……。隨後開始學動詞，把名詞加上來，配成一句，例如「狗狗來。」「貓咪跑了。」「蟲蟲飛。」，以後才慢慢用到形容詞、副詞、介系詞、連接詞，最後才學會感歎詞，於是八大詞類在無形中就學會了。

現在看如何將一個簡單的句子變成一個複雜的句子：

A <u>dog</u> <u>runs</u>.　（一隻狗跑。）　（名詞＋動詞）　　　(559)

A <u>white</u> dog runs.　（一隻白狗跑。）　（形容詞）　　(560)

A white dog runs <u>fast</u>.　（一隻白狗快快的跑。）

（多了一個副詞）(561)

A white dog runs fast <u>on</u> the hill.　　　　　　　　(562)

（一隻白狗在山丘上跑得快。）（介系詞）

A white dog <u>and</u> a black cat run fast on the hill.

（一隻白狗和一隻黑貓在山丘上跑得快。）（連接詞）　(563)

現在將(563)用代名詞取代：

<u>They</u> run fast on the hill.　　　　　　　　　　(564)

（他們在山丘上跑得快。）（代名詞）

最後用感歎句：

How fast they run on the hill！　　　　　　　　(565)

（他們在山丘上跑得好快啊！）（感歎詞）

因此，(559)～(565)中包含了八大詞類，即名詞、代名詞、形容詞、動詞、副詞、介系詞、連接詞和感歎詞。

英文的八大詞類很像建造樓房用的基本材料：磚、石、水泥、鋼筋、沙、塑膠管、電線、木材等，如何將它們組合在一起，形成一棟高樓，就需要技術與方法了。同樣，要將不同詞類的字組成英文句子，由句而成文，就要文法規則了。所以學英文首要學法則，也就是要弄通文法，這跟學電腦程式要先學各種指令和法則是相同的道理。學數學亦如此，學其他的課程也是一樣的。

副詞的作用

我們討論過名詞、代名詞、動詞、形容詞，現在我們探討什麼是副詞。我們知道一個句子要有主詞，名詞可做主詞，代名詞也可做主詞，例如：

I speak English.　（我說英文。）　　　　　　　　　　　(566)

My teacher speaks English.　（我的老師說英文。）　　　(567)

(567)句中的"I"為代名詞，(567)句中的"teacher"為名詞，"speak"（說）是動詞，現在我們把(568)句中加一個字"well"（好），成為：

I speak English well.　（我英文說得好。）　　　　　　　(568)

這個"well"用來形容"speak"，說得如何？說得好。我們將這個用來形容動詞的字稱為副詞，所以副詞可用以形容動詞。形容詞不能用來形容動詞。現在把(568)再加一個字"very"（很），

I speak English very well.　（我英文說得很好。）　　　　(569)

英文說得好，怎麼樣的好？「很」好，「非常」好，這個"very"用來形容"well"，"very"也稱為副詞，所以副詞還可用以形容其它的副詞。這是副詞的第二個作用。

再看下面的句子：

It is a long bridge.　（它是一座長橋。）　　　　　　　　(570)

It is a very long bridge.　（它是一座很長的橋。）　　　　(571)

(571)中的"long"（長的）是形容詞，用來形容「橋」，是長的橋，不是「短」的橋。(571)中的"very"上面說過了，是副詞，用來形容"long"，所以副詞還可用來形容其它的形容詞，因此副詞的作用是可用以形容動詞、形容詞和其它的副詞。這個規則要牢記。

大部分的副詞是將形容詞加"ly"而成，例如：

形容詞		副詞	
kind [kaɪnd]	仁慈的	kindly	(572)
happy ['hæpɪ]	快樂的	happily	(573)
easy ['izɪ]	容易的	easily	(574)
noisy ['nɔɪzɪ]	吵鬧的	noisily	(575)
polite [pə'laɪt]	有禮貌的	politely	(576)
gentle ['dʒɛntl̩]	溫文的	gently	(577)
slow [slo]	慢的	slowly	(578)
quick [kwɪk]	快的	quickly	(579)
bad [bæd]	壞的	badly	(580)

我們造幾個句子，看副詞如何用法：

He treats me kindly. (581)

（他仁慈地對待我。）或（他待我很好。）

She treats him badly. (582)

（她待他很壞）或（待他不好。）

He speaks slowly. (583)

（他說得很慢。）或（他慢慢地說。）

He runs quickly. (584)

（他跑得快。）或（他快快地跑。）

The boy plays noisily. (585)

（這小孩玩得很吵人。）

He speaks politely. (586)

（他說話很有禮貌。）或（他有禮貌地說話。）

They live happily. (587)

（他們生活得快樂。）或（他們快樂地生活。）

(581)～(587)句中畫了底線的字都是副詞，用來形容它前面的動詞，例如：

treat	[trit]	對待	(588)
live	[lɪv]	生活，住	(589)

(587)句中"happily"形容"live"，如何"live"？是快樂地(happily)生活。所以副詞可用以形容動詞。

我們在這裡先介紹副詞形容動詞的用法。

我們常常聽人說「生活就是藝術」(Life is art)。其實，在人生的旅途上，做任何事都可視之為藝術，所不同的是我們從那一個角度去看它罷了。歷史的主角應該不只是人而已，事、物、時、地也是主角之一，而歷史只是「人」與「人」之間，「人」與「物」之間在某一「時」刻，在某一「地」方所發生的相互行為，也就是所發生的「事」而已，於是人的生活絕脫離不了「人」、「時」、「地」、「物」、「事」。在什麼地方、什麼時間，我們人藉用什麼外物使某件事如預期或安排而發生，這是一種藝術，懂得藝術的人會使得發生的事情盡善盡美；不懂的人，只會把樣樣事情弄得一團混亂。

學習英文也是一種藝術，它是一種喜悅，而不是一種工作(work)或負擔(burden)，我們曾提過不止一次。一篇英文就像是一段歷史，而每一句就像是構成這段歷史的一件一件事情，每一件事都有主角去主演。一個句子中的主角就是名詞或代名詞，而主角可在主格的地位（主位，或主詞的位置。），也可在賓位，就像客人一樣。這些扮演主角的名詞或代名詞需要與其他的詞類相互作用才能構成一個完整的句子。形容詞是用來形容名詞的，而這節所討論的副詞則是用以形容動詞、形容詞和其它的副詞。形容詞可用以描繪主角的個性或特徵，而副詞則可用以描繪主角所作所爲的特質，我們再看下面這句話：

    The strong soldier fights bravely.　　　　　　　　　　(590)

    （這強壯的士兵英勇作戰。）

"strong"（強壯的）是形容詞，形容"soldier"（士兵），他在做什麼呢，在"fight"（作戰），是動詞，如何作戰呢？「英勇地」作戰，用副詞來形容動詞，所以這句中就有形容詞、名詞、動詞和副詞四種詞類。若將"the strong soldier"用代名詞"he 取代，就成了：

    He fights bravely.　　　　　　　　　　　　　　　　(591)

到現在我們已介紹過五種詞類了。

    在一件事情中，人與人或人與物之間的關係用什麼拉在一起呢？那就需要即將介紹的介系詞或連接詞了。

介系詞——公共關係的主角

　　一個句子中的名詞與名詞之間；動詞與名詞之間爲了表明特殊的關係，需要一種特殊的詞，我們把它叫做介系詞。何謂介系詞？顧名思義，是介於兩個詞之間的字，我們先看以下的幾個字：

the book（書），the table（桌子）　　　　　　　　　　　　　（592）

這兩個名詞，一個是「書」，一個是「桌子」，它們之間有什麼關係呢？能不能說：

The book is the table.（書是桌子。）（此句不合邏輯）　　（593）

雖然在文法上是沒有錯的，但是在語意上是不合邏輯的，因爲書怎麼可能是桌子呢？不過，若把一個特別的字"on"（在……之上）放進（593）句中適當的位置，成爲：

The book is <u>on</u> the table.（書在桌上。）　　　　　　　　（594）

馬上就變得有意義了。這個"on"字就屬於介系詞，我們再看下面的句子：

A mouse is <u>in</u> a house.（一隻老鼠在屋裡。）　　　　　　（595）

這裡的"in"（在……之內），也是介系詞，它把 mouse 與 house 之間的關係拉在一塊，如果沒有這個"in"字，（595）句就變成：

A mouse is a house.　（老鼠是屋子。）　　　　　　　　　　　（596）

豈不奇怪？上面提的是名詞與名詞之間的關係可用一個適當的介系詞來表示。現在再繼續看動詞與名詞之間的關係，請看以下的字：

a dog（狗），a cat（貓），a tiger（虎）　　　　　　　　　　（597）

我們用一個動詞"sit"（坐）把上面的三個動物之間的關係拉起來：

A dog sits <u>between</u> a cat and a tiger.　　　　　　　　　（598）

（狗坐在貓和老虎之間。）

(598)句中的：

　　between [bɪ`twin]　　　　在……之間（二者之間）〔註〕　　　　(599)

也是一個介系詞。我們再看下面的句子：

　　She sits between him and me.　　　　　　　　　　　　　(600)

　　（她坐在他和我之間。）

這裡我們要順道強調一點，那就是介系詞後要接受格，(600)句中的
"him"是"he"的受格，而"me"是"I"的受格，若將(600)寫成：

　　She sits between he and I.（×）

那就錯了，因爲 between 後要接受格，而"he"與"I"都是「他」和「我」
的主格形式。這個文法規則：

　　　　介系詞後要接受格　　　　　　　　　　　　　　　(601)

很重要，讀者務必牢記，以後用到的地方太多了。在英文中，介系詞是
較難學的一種詞類，有時它跟在動詞之後，同一個動詞後面接了不同的
介系詞〔註〕，意思就不一樣了，這些細節以後慢慢學習，讀英文要先築
好根基，不宜求快，因爲欲速則不達。

　　現在回頭看以前讀過的一篇短文(253)～(264)，(255)中的 up, in,
(256)中的 with, in,(257)中的 in,(258)中的 on，(261)中的 in,(262)
中的 through，和(263)中的 about 都是介系詞，除了這些以外還有許
許多多其它的介系詞，我們不必一開始就去死記它們，要從句子中，從
文章中去了解，並且能達到靈活運用的目的。

　　介系詞的作用是把不同的東西之間的關係拉在一起，它是「公共關
係」的主角。這裡所指的東西，事實上包括有形與無形兩大類。人、地、
物屬於有形的；而事、時、思想等是屬於無形的，請看下面的句子：

─────────────────────────────

〔註〕請參看(968)

I am with him.　（我跟他一起。）（指人）　　　　　　（602）

I arrive at Taipei.　（我抵達台北。）（指地）　　　　　（603）

I lay the vase on the table .　　　　　　　　　　　　（604）

（我將花瓶放在桌子上。）（指物）

I don't agree to what you say .　　　　　　　　　　　（605）

（我不同意你所說的。）（指事）

I get up in the morning .　　　　　　　　　　　　　　（606）

（我在早晨起床。）（指時間）

　　動詞後面接不同的介系詞就有不同的意義,用簡單的例子說明:例

如look,此字本身有很多不同的解釋,現在看配不同介系詞後之結果:

look at　　注視, 凝視　　　　　　　　　　　　　　（606 a）

look for　　尋找　　　　　　　　　　　　　　　　（606 b）

look out !　　注意 !　　　　　　　　　　　　　　（606 c）

look into　　窺視, 調查　　　　　　　　　　　　　（606 d）

請看以下例句:

He looked at himself in the mirror.

（他凝視著鏡子中的自己。）

What are you looking for ?　　（你在找什麼？）

Look out ! The tree is falling.　　（小心！樹正倒下了。）

He looked into the case.　　（他調查這案子。）

連接詞的作用

記得以前 〔註〕讀過一篇很有趣的短文，是這樣寫的，題目是：

Why Worry? (為何憂慮？) (607)

There are only two things to worry about. (a)

Either you are well or you are ill. (b)

If you are well, there is nothing to worry about. (c)

If you are ill, there are only two things to worry about. (d)

Either you get well, or you die. (e)

If you get well, there is nothing to worry about. (f)

If you die, there are only two things to worry about. (g)

Either you go to heaven, or you go to hell. (h)

If you go to heaven, there is nothing to worry about. (i)

If you go to hell, you will be busy shaking hands with
your friends there, you won't have time to worry about. (j)

(607)短文的意義是：

(a) 只有兩件事情可堪憂慮，

(b) 你安好無恙或你得了病。

〔註〕多年前，我在美國印第安那州的普渡大學(Purdue University)唸書，住在
208 Wiggens Street，在大門廊簷下掛了一個看來老舊的木板牌子，上面寫了一些
花體字。每天早出晚歸，並未留意上面字的內容，一日，在門口等美國友人，同去
看美式足球(football)賽，友人未來前，無事可做，於是站在牌子前仔細看個究竟。
不看則已，一看，原來是一篇妙文，既詼諧，又富有哲理，當場抄下，至今仍能背
誦。

(c) 假如你好好的，就沒有事好憂慮了。

(d) 假如你病了，只有兩件事情可堪憂慮。

(e) 不是病好就是病死。

(f) 若是病好，就沒有事好憂慮了。

(g) 若是病死，只有兩件事情可堪憂慮。

(h) 不是上天堂，就是下地獄。

(i) 假若上了天堂，就沒有事情好憂慮了。

(j) 假若下了地獄，你會忙著跟你在那裡的朋友們握手，你就不會有時間憂慮了。

這篇文章裡有好幾個

either...or... (抑……或……)   (608)

舉例說明：

Either you or <u>he</u> is a liar.   (609)

（不是你就是他是騙子。）

Either you or <u>I</u> am a good student.   (610)

（不是你就是我是好學生。）

Either you or <u>he</u> has eaten a pear.   (611)

（不是你就是他已經吃了一個梨子。）

Either he or <u>you</u> are wrong.   (612)

（不是他就是你是錯了。）

從(609)～(612)句中可看出來, either... or...是指兩者中的一個而已，而動詞是跟隨著後者（畫底線者）而變的，這個規則非常重要。我們再造其它的句子：

He is either stupid or lazy.   (613)

（他不是笨就是懶。）

He is either ill or poor. (614)

(他不是生病就是窮。)

以前讀過一篇「風(Wind)」的短文(285)，我們把其中幾句寫在這裡，

Who has seen the wind? (615)

Neither you nor I. (616)

(616)句中的 neither...nor... (既非……亦非……) (617)

(608)與(617)剛好只差一個字母 "n"，而英文的 "n" (not 或 no 的第一個字母也是 negative（否定）的第一個字母)，有否定的含意，所以 neither...nor...是兩者皆無的意思，例如：

Neither you nor I have seen the wind. (618)

(既不是你也不是我曾經看過風。)

Neither you nor he is a liar. (619)

(既非你亦非他是騙子。)

Neither I nor you are diligent. (620)

(既非我亦非你是勤奮的。)

He is neither a doctor nor a lawyer. (621)

(他既非醫生亦非律師。)

She is neither stupid nor lazy. (622)

(她既不笨也不懶。)

現在我們看另外一句：

Both you and he are right. (623)

(你和他兩個都是對的。)

Both she and I are wrong. (624)

(她和我兩個都是錯的。)

I speak both English and German. (625)

（英語和德語我都說。）

(623)～(626)句中的

　　both...and...（兩者都……）　　　　　　　　　　　　　(626)

是指兩者都有的意思，請比較(617)為兩者皆非，(608)為兩者其中之一。

　　以上舉的許多例句中 either...or...；　neither...nor...；　both...and...的作用都是把兩個詞連接在一起，所以稱為連接詞。

　　連接詞有很多，例如 and, or, not only...but also...（不但……而且……）等等都屬於連接詞，造句說明：

　　You and I are good friends.　　　　　　　　　　　　(627)

　　（你和我是好朋友。）（注意由於主詞是複數，所以 be 動詞要用 are，而不用 am。）

　　Is she in Taipei or in Tainan?　　　　　　　　　　　(628)

　　　（她在台北或台南？）

　　She is not only pretty but also clever.　　　　　　　(629)

　　　（她不但漂亮而且聰明。）

　　連接詞不但可用來連接兩個字，而且還可用來連接兩個句子或兩個片語。例如：

　　He is tired, but he is happy.　　　　　　　　　　　　(630)

　　　（他雖疲倦，但是快樂。）

上面句中的 He is tired.以及 He is happy.是兩個句子，用 but 連起來。

　　He is a soldier and she is a teacher.　　　　　　　　(631)

　　　（他是士兵而她是老師。）

上面句中的 He is a soldier.和 She is a teacher.是兩個句子，用 and

連接起來。

(630)句上一行所提的「片語」(phrase)是什麼呢？顧名思義，它是指片段的語句，是由兩個或兩個以上的字所組合而成的，但沒有完整的意思，例如：

a big house　（一棟大房子）　　　　　　　　　　(632)

an old car　（一輛舊車子）　　　　　　　　　　(633)

a great man　（一個偉人）　　　　　　　　　　(634)

the vase on the table　（桌上的花瓶）　　　　　(635)

a flying dragonfly　（一隻在飛的蜻蜓）　　　　(636)

等等，都只是片語而已，不是句子，因爲它們都沒有完整的意思。中文有一個詞，是「片語隻字」，例如一個男孩子好久沒有接到他女朋友的信，於是寫信給她，信中寫道：

「我正渴望著看到妳的來信，就是片語隻字也好……」

隻字的意思是一個單字，單單的一個字。每個人學習語言的過程就是從字開始，而後片語，而後句子，循序漸進。學語文的目的就是能說、能寫、能看完整的句子，如此才能表達自己的意念和思想，也才能接受外界的資訊。

在往下繼續說明之前，先看一篇短文：

The Two Birds（兩隻鳥）　　　　　　　　　　(637)

Here is a bird in the cage.　　　　　　　　　　(a)

He is not hungry.　　　　　　　　　　　　　(b)

He is not thirsty.　　　　　　　　　　　　　(c)

He sings the whole day long,　　　　　　　　(d)

but is he happy?　　　　　　　　　　　　　(e)

Here is a bird in the tree.　　　　　　　　　　(f)

He has to build his own nest. (g)

He has to find his own food. (h)

He will have a hard time when winter comes. (i)

But he is happy for he is free. (j)

(637)短文中那幾句裡有連接詞？讀者可仔細尋找，像尋寶一樣。(e)中的 but,(i)中的 when 和(j)中的 for 都可看成是連接詞。這是一篇很美的短文，最好能背誦。奉勸各位，讀的時候，腦中要浮現出一幅圖畫，其一是想像有一個鳥籠，籠中有隻小鳥，有鳥食和清水，鳥在吱吱歌唱，但顯得無可奈何的樣子，想到這幅圖畫，就會從(a)背到(e)。另外想一隻鳥在樹上，再想其他的情景，一面想，口裡一面唸，如此圖與文相互連貫，才不致死讀強記。這樣讀英文，才有樂趣，而且進步才快。

(637)短文中的生字和片語：

cage [kedʒ]　籠 (638)

whole [hol]　整個 (639)

the whole day long　整天 (640)

in the tree　在樹林裡 (641)

on the tree　在樹上 (642)

to have to　得，必須 (643)

own [on]　自己的 (644)

nest [nɛst]　鳥巢，鳥窩 (645)

food [fʊd]　食物 (646)

free [fri]　自由 (647)

(643),　(644),　(640)的例句如下：

I have to go now.　It is too late. (648)

（我得走了。太遲了。）

Mind your own business! (649)

（管你自己的事！）（意即別管閒事！）

She plays the piano the whole day long. (650)

（她整天彈鋼琴。）

感歎句和感歎詞

我們對一些特殊的人、事、景、物，有時會情不自禁的發出驚歎或讚美或惋惜的聲音，這些都需要用到感歎句。先請看中文的感歎句是怎麼說的：

「她好美啊！」（或用呀來做感慨詞。）　　　　　　　　　(651)

「她是一個多麼漂亮的女孩啊！」　　　　　　　　　　　(652)

「我真高興！」　　　　　　　　　　　　　　　　　　　(653)

這些都是感歎的句子。在英文的感歎句中，我們用什麼字來表達呢？請看(651)～(653)句的英文表示法：

How beautiful she is !　　　　　　　　　　　　　　　(654)

What a pretty girl she is !　　　　　　　　　　　　　(655)

How happy I am !　　　　　　　　　　　　　　　　　(656)

請注意感歎句的末了都要加驚歎號「！」。而在唸的時候，要把主要的字（如句中畫了底線者）稍稍唸重，以加強語氣。

這些感歎句看多了，自然就會依樣畫葫蘆。例如：

How tall he is !　　（他多麼高啊！）　　　　　　　　(657)

How kind she is !　　（她多麼仁慈啊！）　　　　　　　(658)

How high the mountain is !　　（這座山多高啊！）　　(659)

How long the river is !　　（這條河多長啊！）　　　　(660)

How naughty the boys are !　　　　　　　　　　　　(661)

（這些孩子們多麼頑皮啊！）

上面句子中畫了底線的字都是形容詞，而句子的形態(即字安排的位置)也很特殊，請特別細心觀察，若將(657)句寫成：

He is how tall！　（×）

（他）（是）（如何）（高）

就不對了。這樣的說法成了中文式的英文，當然是不通的。

現在我們來比較以下幾個不同的句子：

He is tall.　（他是高的。）（他個子高。）　　　　　　　　（662）

He is very tall.　（他非常高。）　　　　　　　　　　　　（663）

Is he tall？　（他高嗎？）（他個子高嗎？）　　　　　　　（664）

How tall is he？　（他多高？）　　　　　　　　　　　　（665）

How tall he is！　（他好高啊！）　　　　　　　　　　　（666）

寫英文句子就像是蓋房子一樣，建材的安放各得其所，而且循序漸進，有條不紊，房子就能建好。否則，是會倒塌的。各位要多看多唸，尤其是每日清晨即起（切莫貪睡。），盥洗如廁後，第一件事是先喝一杯溫溫的清水，然後就是唸一二十分鐘的英文，日日如此，不要中斷，三個月就會口齒清晰；半年就能流利順暢；一年下來，就會發現自己的英文突飛猛晉了。早晨唸英文是最好的習慣，各位不妨下定決心（通常能立下決心而又能持之以恒的人是屬於大丈夫具有男子氣魄型的），試試看。

若是句子中有動詞，則感歎句如何表示？例如：

這匹馬跑得好快呀！　　　　　　　　　　　　　　　　　（667）

我們可模仿(657)～(661)句的形態：

How fast this horse runs！　　　　　　　　　　　　　　（668）

(668)句中的 fast（快）是副詞，用以形容動詞 runs。另外的例子如：

How well she speaks！　（她說得多麼好啊！）　　　　　　（669）

How hard he works！　（他工作多努力啊！）　　　　　　（670）

How diligently he studies！　（他讀書多麼用功啊！）　　（671）

How slowly he writes！　（他寫得多慢啊！）　　　　　　（672）

類似的句子是舉不完的，只要了解其中的道理，就很容易舉一反三了。

感歎句的寫法已經學會了。感歎詞又如何呢？中文的感歎詞很多，例如「啊！」「哎呀！」……等。英文的感歎詞大致有：

"Oh！" （啊！呀！） (673)

"Ah！" （唉！呀！） (674)

"Alas！" （啊呀！） (675)

視實際的實況善予應用。一個人不小心，踩到另一個人的腳，他的反應是大叫一聲：

"Oh！My God！It hurts！" (676)

中文是「啊！我的天！好痛啊！」若是不相信，自己可試試看。

形容詞像化粧品可做修飾之用

　　形容詞(adjective)，顧名思義，是做形容或修飾用的，到底形容什麼？修飾什麼？當然是名詞。例如上蒼將草長成綠色，而成了綠草

　　　　green grass　　　　　　　　　　　　　　　　　　　　(677)

又將太陽染成黃色，而成了黃色的太陽

　　　　yellow sun　　　　　　　　　　　　　　　　　　　　(678)

而到了黃昏，它就變成紅色，而成了紅色的太陽

　　　　red sun　　　　　　　　　　　　　　　　　　　　　(679)

冬天飄著銀白色的雪，所以成了白雪

　　　　white snow　　　　　　　　　　　　　　　　　　　　(680)

而天空是碧藍的，成了藍天

　　　　blue sky　　　　　　　　　　　　　　　　　　　　　(681)

於是有一首短短的兒歌：

　　　　What is blue?　　（什麼是藍的？）　　　　　　　(682 a)

　　　　The sky is blue.　　（天空是藍的。）　　　　　　(682 b)

　　　　What is green?　　（什麼是綠的？）　　　　　　(682 c)

　　　　The grass is green.　　（草是綠的。）　　　　　(682 d)

　　　　What is white?　　（什麼是白的）　　　　　　　(682 e)

　　　　The snow is white.　　（雪是白的。）　　　　　(682 f)

　　　　But the sun is always yellow,　　　　　　　　(682 g)

　　　　except when it goes to bed,　　　　　　　　　(682 h)

　　　　and then it is red.　　　　　　　　　　　　　(682 i)

　　　（但太陽總是黃的，除非它去就寢，那時就是紅的。）

上面句中的 blue, green, white, yellow, red 都是形容詞，當然形容詞還有許多，例如(38)～(42)中的 hungry, thirsty, angry, happy, dirty 也都是形容詞。形容詞可說多得不勝枚舉。例如：

My father is tall.	（我父親高。）	(683)
My mother is short.	（我母親矮。）	(684)
My uncle is fat.	（我叔叔胖。）	(685)
My aunt is thin.	（我伯母瘦。）	(686)

既然是形容詞，就有不同的等級，例如用<u>高</u>(tall)為例，有<u>比較高</u>(taller)，有<u>最高</u>(the tallest)，所以我們將形容詞分為三級：

原級、比較級和最高級。

比較級是將原級加 er 而得，最高級是將原級加 est 而得，我們寫下做比較：

原級	比較級	最高級	(687)
tall （高）	taller （比較高）	tallest （最高）	（a）
short （矮）	shorter （比較矮）	shortest （最矮）	（b）
fat （胖）	fatter （比較胖）	fattest （最胖）	（c）
thin （瘦）	thinner （比較瘦）	thinnest （最瘦）	（d）
happy （快樂的）	happier （較快樂的）	happiest （最快樂的）	

請注意 fat 和 thin 最後一個字母的前一個字母是母音，所以加 er 或 est 之前，要再補一個與尾巴字母相同的字母，若寫成

thiner, thinest　（×）

fater, fatest　（×）

就不對了。而 happy 的最後一個字母是 y，所以加 er 或 est 前要把 y 改成 i 才可以，這些都是文法上的小規則，一定要遵守。屬於規則的條文一定要點點滴滴予以強記，不可疏忽。

我們看形容詞的三級如何用法：

He is tall. （他個子高。） (688)

You are taller than he. （你比他高。） (689)

I am taller than you. （我比你高。） (690)

I am the tallest. （我最高。） (691)

I am happy. （我快樂。） (692)

You are happier than I. （你比我快樂。） (693)

He is happier than you. （他比你快樂。） (694)

He is the happiest man in the world. (695)

（他是世界上最快樂的人。）

以上這些形容詞都是屬於守規矩型的, 就是比較級加 er, 最高級加 est。但也有幾個不守規矩的形容詞, 它們的三級是這樣的：

good （好的）　　　better （比較好）　　best　（最好）

bad （壞的）　　　worse （比較壞）　　worst （最壞）

many （多）指數多

much （多）指量多　　more （較多）　　most （最多）

我們舉例說明：

He is a good student. （他是個好學生。） (696)

I am better than he. （我比他好。） (697)

You are the best student in our class. (698)

（你是我們班上最好的學生。）

A is bad. （A 是壞的。） (699)

B is worse than A. （B 比 A 壞。） (700)

C is worse than B. （C 比 B 壞。） (701)

C is the worst. （C 最壞。） (702)

由以上的例子可以看出來，形容詞的三級是很容易用的。

　　一個形容詞若是有三個或三個以上的音節，我們就要用 more 和 most 了，例如：

beautiful	more beautiful	most beautiful
（美麗的）	（比較美麗的）	（最美麗的）
diligent	more diligent	most diligent
（勤奮的）	（比較勤奮的）	（最勤奮的）

要提醒各位的是，使用最高級時前面一定要加一個冠詞 the。

Her mother is beautiful.　（她媽媽美麗。）　　　　(703)

Her sister is more beautiful than her mother.　　(704)

　（她姊妹比她媽媽更美麗。）

She is the most beautiful girl in her family.　(705)

　（她是她家中最美麗的女孩子。）

I am diligent.　（我很勤奮。）　　　　　　(706)

My brother is more diligent than I.　　　(707)

（我兄弟比我勤奮。）

My sister is the most diligent of us.　　　(708)

（我的姊妹是我們之中最勤奮的。）

　　在英文裡，哥哥、弟弟、姊姊、妹妹如何表示？

我們知道兄弟是 brother，姊妹是 sister，現在只要加：

　　elder [ˈɛldɚ]　較老的　　　　　　　　　(709)

一字就成了哥哥或姊姊：

　　elder brother　哥哥　　　　　　　　　(710)

　　elder sister　姊姊　　　　　　　　　(711)

若加一個：

younger [ˋjʌŋgɚ] 較年輕的　　　　　　　　　　　　　　　(712)

就成了弟弟或妹妹：

younger brother　弟弟　　　　　　　　　　　　　　　(713)

younger sister　妹妹　　　　　　　　　　　　　　　(714)

這種造字的方式很有趣，例如較年輕的兄弟就是弟弟，較年輕的姊妹就是妹妹。

「形容詞」這個詞如同本章的標題所寫的，像化粧品，有修飾的作用，若使用得當，能使一個句子更生動；使被修飾的人、事、地、物更爲突出、更爲清晰，就像化粧得宜，能使女性更嫵媚更嬌艷一樣。形容詞用以形容名詞，而形容詞本身又可被形容，那就要用到副詞，例如「風景」是名詞，現在用一個形容詞形容它，「美麗的的風景」，這裡「美麗的」是形容詞，它可被副詞形容，例如「非常美麗的風景」，其中「非常」是副詞，用以形容「美麗的」，不只是「美麗的」而已，而且是「非常」美麗的。但形容詞若使用不得當，那就反而成了累贅，令人覺得嚕囌，例如若將上面的句子再加一些形容詞：

「非常美麗的漂亮的好看的賞心悅目的風景」

這樣多的修飾，令人感覺好像看到一個原本就很美的少女在臉上唇上一層又一層抹上胭脂口紅一樣，反而遮蓋了她的天生麗質。試看

the beautiful scenery

（美麗的風景）

聽來多順耳！

八大詞類的總探討

到現在爲止，我們已經討論過英文的八大詞類(eight parts of speech)，我們再說一次，這八大詞類是名詞、代名詞、動詞、形容詞、副詞、介系詞、連接詞和感歎詞。請參看(531)～(538)。

我們曾說過，這八大詞類像建房子用的基本建材一樣，是英文句子的基礎。我們知道，語文是一種傳達思想或訊息的工具，所敍述的無外是人、時、地、物、事，所以每一句話裡一定會有名詞或代名詞，要成一個句子，當然還要有動詞才行。名詞須加以形容時，要用形容詞；動詞須加以形容時，必須用到副詞；而名詞或代名詞之間的關係須用介系詞，或是連接詞。我們用女孩子跳舞爲例，將不同的詞類一個接一個加到句子裡去：

The <u>girl</u> <u>dances</u>.　　（這女孩跳舞。）　　　　　　　(715)
　　（名詞）（動詞）

The <u>pretty</u> girl dances.　　（這漂亮的女孩跳舞。）　　(716)
　　（形容詞）

The pretty girl dances <u>gracefully</u>.　　　　　　　　(717)
　　　　　　　　　　（副詞）

（這漂亮的女孩<u>幽雅地</u>跳舞。）

The pretty girl dances gracefully <u>on</u> the stage.　　(718)
　　　　　　　　　　　　　　（介系詞）

（這漂亮的女孩<u>在</u>舞台<u>上</u>幽雅地跳舞。）

The pretty girl <u>not only</u> dances gracefully <u>but also</u> sings
　　　　　　　　　　　　　　　　　　（連接詞）

charmingly on the stage. (719)

（這漂亮的女孩在舞台上<u>不但</u>舞姿幽雅<u>而且</u>歌唱迷人。）

若將(719)的主詞 the pretty girl 用代名詞 she 取代，並用感歎詞和感歎句寫，就成了：

<u>Oh</u>！ How gracefully <u>she</u> dances and how charmingly
（感歎詞）　　　　　　　（代名詞）

she sings！ (720)

（啊！她的舞跳得多幽雅，她的歌唱得多迷人呀！）

各位可以看到，在(715)～(720)六句中，包含八大詞類。只要應用得法，照著規則去寫，一定能寫出通順的句子來。英文就是這麼易懂易學，只要了解正確的學習方法，學好英文當非難事。事實上，較難學的是中文，有人或許會提出相反的看法，他們認為洋人學中文，幾個月就能說出一口流利的國語，而我們國人學英文數載，還不會開口，豈不是中文易學，而英文難學？其實，仔細想想，這是錯誤的觀點，他們所說的中文，只是日常用的口頭語而已，誰問他們，有幾個能寫幾句像樣的中文呢？隨著年歲的增長，各位會逐漸發覺，中文才是很難學好的語文。各位耳熟能詳的一首唐詩：

春眠不覺曉，處處聞啼鳥。 (721)

夜來風雨聲，花落知多少。

請看看，如何翻成英文？不是件易事！句中的主詞在那裡都不容易找到，更不用說動詞在那裡了。另外一首有名的元曲：

枯藤老樹昏鴉，小橋流水人家， (722)

古道西風瘦馬，夕陽西下，

斷腸人在天涯。

其中大部分是形容詞（以　表示）、名詞（以_表示），只有一個介系詞

「在」(以___表示),有一個動詞「下」(以〜〜〜表示)。如此美好的詩句,怎麼譯成英文,即使譯得出來,恐怕也難傳神了。

學好一種語文,除了要多看多讀之外,在初學的時候,最好要多記多背,因為背多了,自然就會應用,而且在用的時候,能左右逢源,運用自如。我們常常發覺,文章寫得好的人,他們看的背的文章或詞句一定很多,在學校唸國文時,有很多好的文章要背,就是這個道理。例如古文:桃花源記、陋室銘、岳陽樓記、師說、石鐘山記、出師表等,都是值得背誦的,當然近代有許多名作家的短文,如朱自清的匆匆等,也都值得精讀。甚至有些美妙的歌詞也是值得銘記的。昔日在大陸聽到的若干老歌,歌詞幽美,富有意境,令人聽了,回味無窮。例如其一是「黃葉舞秋風」,歌詞如下:

　　黃葉舞秋風　　　　　　　　　　　　　　　　　(723)

黃葉舞秋風,伴奏的是四野秋蟲。　　　　　　　　　(724)

粉臉蘆花白,櫻唇楓血紅。

自然的節奏,美麗的旋律,異曲同工。

只怕那霜天曉角,雪地霜鐘,一掃而空。

另外還有許多其他美好的歌詞,興猶未盡的讀者,可找找國語老歌(尤其是周璇唱的歌)[註],一定會更加欣賞的。

我們回憶以前讀英文的過程,是否也像讀中文一樣背誦若干英文短文甚至英文詩或唱些英文歌呢?我建議各位多背一些短文、詩歌,這些對學習英文的幫助太大了。

[註] 兒時在大陸成長,小學二三年級就聽到周璇(金嗓子)的歌,例如五月的風(五月的風吹在花兒上……)。後來因世局變化,乘粵漢鐵路自湖北南下廣東。沿途看到滿山遍野的花草,那美麗的歌詞驀地飄到耳際,令人廻盪不已。

直接和間接敘述法

在與人交談中，我們經常會引用第三者說的話。例如甲向乙聊天，甲同乙說：「王先生說他看到一隻熊。」這表示甲曾聽到王先生親口說：「我看到一隻熊。」

上面兩種說法都表示同樣一件事，那就是：王先生看到一隻熊，但是到底這件事是由王先生自己親口說的或是由他人轉述的？表示的方式就不同了，我們把上面兩種表示方法再寫一次：

王先生說：「我看到一隻熊。」　　（直接敘述法）　　　　　　(725)

王先生說他看到一隻熊。　　（間接敘述法）　　　　　　　　(726)

(725)是由王先生直接說出來的，所以稱為直接(direct)敘述法；而(726)是別人轉述王先生說的話，稱為間接(indirect)敘述法。

英文的直接敘述法和中文是完全一樣的，只是使用的引號不同罷了，中文的引號是：「　」，而英文則為："　"。

Mr. Wang says,"I see a bear."　　（直接敘述法）　　　　(727)

而英文的間接敘述法與中文不同之處在於英文要多用一個連接詞"that"，而中文却沒有。請看：

Mr. Wang says that <u>he sees a bear.</u>　　（間接敘述法）　(728)
當然用間接敘述法時要將引號去掉，而此時連接詞"that"後面跟的是一個句子：

He sees a bear.　　　　　　　　　　　　　　　　　　　　(729)
這個小句子是在整個大句子裡面，就像小寶寶在媽媽的肚子裡一樣，所以我們把這個句子中的小句子（即(729)句）稱為子句(clause)。〔註〕

在我們把直接敘述法轉換成間接敘述法的過程中，必須特別注意時式(tense)要力求一致，從以下的例句，就可以獲得其中變化的方法：

He says, "I am a student." (730)

(他說：「我是學生。」)

He says that he is a student. (731)

(他說他是學生。)

The fireman says, "I see the fire." (732)

(救火員說，「我看到火。」)

The fireman says that he sees the fire. (733)

(救火員說他看到火。)

He said, " I see the fire." (734)

He said that he saw the fire. (735)

(734) 句中 said 是 say（說）的過去式，所以當我們把它改成間接敍述法的時候，see 要配合時式而改成 saw（see 的過去式）。

The hunter said, " I see a lion." (736)

The hunter said that he saw a lion. (737)

(獵人說他看到一隻獅子。)

下一例句動詞的變化請特別注意：

The hunter said, " I <u>saw</u> a tiger." (738)

(獵人說：「我看過一隻老虎。」)

The hunter said that he <u>had seen</u> a tiger. (739)

(獵人說他曾經看到一隻老虎。)

(738) 句中獵人的話是過去說（said）的，而看到老虎是在說話之前，

〔註〕子句又可分為許多種：名詞子句、形容詞子句、副詞子句，各位不必先急著去學，等將一些基本的文法學好以後，這些自然而然就明白了。記得我們曾經做過的比喻，學英文像蓋房子一樣，地基打深打牢，房子才會建得穩、建得高。

這就是過去的過去，在文法上要用過去完成式：

He had seen a tiger. (740)

這是很重要的規則，必須習慣它的用法。

除了時式必須前後呼應外，說話的口氣、時間、場所也都要做適當的調配，這些可從以下的例句看出來：

He says to me, "I like giraffe."[dʒəræf] (741)

He tells me that he likes giraffe. (742)

(741) 句直接說法是：他對我說：「我喜歡長頸鹿。」 (743)

(742) 句間接說法是：他告訴我他喜歡長頸鹿。 (744)

He said," I am tired now ! " (745)

He said that he was tired then. (746)

上兩句話的解釋是：

（他說：「我現在累了！」）

（他說他那時很累。）

若在直接敍述法中用「現在」，則在間接敍述法中就要改成「那時」，這是由於時過境遷，昔日所指的「現在」，日後再敍述時就成了「那時」。

再由下面的例子，可以看出另外一種關於時間的變化方法：

My father said, "I will go to Taipei tomorrow." (747)

（我父親說：「我明天將去台北。」）

My father said that he would go to Taipei the next day.

（我父親說他將於次日去台北。） (748)

直接敍述法中的「明天」在間接敍述法中就成了「次日」或「第二天」。各位看到這裡，一定會發現英文的直接敍述法和間接敍述法的表示方式有很明顯的差異。上面我們曾提過，在間接敍述法中，有一個連接詞"that"，而在中文的間接敍述法中却沒有與"that"相對的字，所以在敍述時常常發生困擾，例如當各位聽到下一句話後，會有什麼反應？

我爸爸說你很懶。 (749)

這句話若是用耳朵聽到的，而不是寫在紙上看到的，各位會問，到底是誰懶？的確不很明確，聽的人以爲說話者的爸爸說他很懶，於是很容易產生誤解，但若是用英文講，就不會有這種困擾了，請看：

My father says," You are very lazy." (750)

這句說的中文翻譯就是(749)，這是直接敍述法，若改換成間接敍述法，就清晰多了：

My father says that I am very lazy. (751)

（我爸爸說我很懶。） (752)

不過當各位聽到(752)的這句中文時，還以爲是由下面這樣一句英文翻出來的：

My father says," I am very lazy." (753)

這句話卻變成我爸爸說我很懶，結果聽的人以爲說話者的爸爸自己說自己懶，豈不好笑！

再看下面句子中地點的變化：

He said to me." I <u>bought</u> <u>this</u> pen <u>here</u> <u>yesterday</u>."
（他對我說：「我昨天在這裡買這支鋼筆。」） (754)
He told me that he <u>had bought</u> <u>that</u> pen <u>there</u> <u>on the</u>
<u>previous day</u>.
（他告訴我他前一天在那裡買了那支鋼筆。） (755)

She <u>says</u> to me," How old are you ?" (756)
（她對我說：「你多大年紀？」
She <u>asks</u> me how old I am. (757)
（她問我多大年紀。）

She said to me. "How old are you？" (758)

She asked me how old I was. (759)

She says to me," What do you eat?" (760)

She asks me what I eat. (761)

She said to me, "What do you eat?" (762)

She asked me what I ate. (763)

She said to me,"Where do you go?" (764)

She asked me where I went. (765)

She said to me."When do you get up? (766)

She asked me when I got up. (767)

從上面的句子 (756) ～ (767) 可看出直接敍述法中的疑問句變成間接敍述法時，要改成平敍句，而不再是疑問句。請繼續看以下的例句：

She says to me," Are you happy?" (768)
（她對我說，「你快樂嗎?」)

She asks me if I am happy. (769)

或 She asks me whether I am hapy. (770)
（他問我是否快樂。）

She said to him,"Are you angry?" (771)

She asked him if he was angry. (772)

上面幾句中的 if 或 whether 表示「是否」的意思，這裡的 if 不做「假如」解。從上面的 (768) ～ (772) 句中也可看出來，直接敍述法中的疑問句，到了間接敍述法中，就變成了平敍句，這種關係跟中文是一樣的。

另外有所謂祈使句或感歎句，在變換的時候，請注意動詞的變化：

He said to me," Shut the door!" (773)

(他對我說：「關門！」)

He told me to shut the door. (774)

(他叫我關門。)

She said to him," Please open the window!" (775)

(她對他說：「請開窗。」)

She asked him to open the window. (776)

She said to me," How happy I am!" (777)

She exclaimed with delight that she was very happy.

(她很高興地喊著說她真快樂。) (778)

　　了解以上的變化之後，現在開始做以下的自我訓練，請把直接敍述法改成間接敍述法，反之亦然：

1) He said, " I am thirsty." (779)

2) You said," I can swim." (780)

3) He said," I lose my watch." (781)

4) He said," I lost my watch." (782)

5) He said to me," When do you go to school?" (783)

6) She said to me," Do you love me?" (784)

7) My teacher said to me," Be a good student!" (785)

8) He asked me where I went. (786)

9) She said that she did not like peanuts. (787)

10) She told me not to wait for her. 〔註〕 (788)

11) She asked me whether I had mailed that letter. (789)

12) He says that the early bird catches the worm. (790)

〔註〕請參看(964)～(965)中間一段說明。另外請看(1001)。

上面十二道練習題的解答如下：

    1 a) He said that he was thirsty.   (791)

    2 a) You said that you could swim.   (792)

    3 a) He said that he lost his watch.   (793)

    4 a) He said that he had lost his watch.   (794)

    5 a) He asked me when I went to school.   (795)

    6 a) She askd me whether I loved her.   (796)

    7 a) My teacher told me to be a good student.   (797)

    8 a) He said to me," Where do you go?"   (798)

    9 a) She said," I do not like peanuts."   (799)

  10 a) She said to me," Don't wait for me!"   (800)

  11 a) She said to me," Did you mail this letter?"   (801)

  12 a) He says," The early bird catches the worm."   (802)

再談學習的方法

現在讓我們繼續談英文的學習方法。回想筆者在工學院教學廿餘年，個人性向是比較喜歡教能講出道理的課程，而不是純粹講技術或方法的科目。講道理的課程首重理解，不必強讀死記，通常可以一通百通，舉一反三。因此，早在學生時代，我就比較喜愛著重理解的物理，而比較懼怕需要較多記憶功夫的化學。而在文科方面，比較喜歡國文，而對需要死背的歷史和地理，則懼怕如虎。這種愛與畏之間之差異，或許跟自己唸書的方法有密切的關係吧？的確不錯，學生若是對某門功課有畏懼或厭惡感，一定是他對這門功課陌生，讀起來不但乏味，而且即使費了九牛二虎的工夫去讀，却得不到預期的成果，讀了半天，毫無心得。一遇考試，就更開夜車，死背強記，考完了，隨即又忘了。而且最痛心的是，成績總是考不好，於是越考不好就越怕，越怕就越不愛讀，如此惡性循環一旦形成，就只有不歸路一條了。很多聰明的學生也不幸走上了這條絕路，眞令人惋惜！

事實上，學生讀任何一門課程，就像學才藝或學技藝一樣，都要有獨特的方法和技巧。我們姑且稱之爲秘訣，也就是俗話所說的竅門，只要一通竅，讀起書來，就能事半而功倍了。

多讀有押韻的詩歌，或繞口令或短文，對學英文有很大的幫助，記得以前小時候讀地理，要背中國南疆的邊防要塞：

雲南有騰衝和河口，

廣西有鎭南關。　　　　　　　　　　　　　　　　　　(803)

家父〔註1〕聽到了，把筆者叫了過去，爲我編了一段歌訣。至今事隔卅餘年，仍然不忘，那就是：

雲南騰衝與河口，

廣西唯有鎮南關。 (803 a)

剛好是七個字，很像中國古詩的形式，所以讀起來十分順口。家父在大陸時曾習中醫，隨軍移防海南島時，很多士兵因水土不服而生病，軍中西醫束手無策，待家父開中醫處方，盡皆痊癒，一時傳爲佳話。筆者曾問家父，那麼多藥方藥草藥名，如何記得？他說若照筆者(803)的方法去背，豈不隨記隨忘？他大都會編一些口訣或歌訣，如此就不太容易忘記了。

唸歌訣或口訣的確是幫助記憶的好方法，數學裡有些公式，也可以編成歌訣來記，例如三角公式有：

$$\cos 2\theta = 2\cos^2\theta - 1 \tag{804 a}$$

$$\cos 3\theta = 4\cos^3\theta - 3\cos\theta \tag{804 b}$$

讀過三角的讀者對上面兩個公式一定不會陌生。

未讀過的，也不妨先學，以後必會有用。若去死記，必然不易記牢。有歌訣如下：

(804 a)的歌訣即是「塊 二 等於兩 塊 二扣一」 (804 c)

$$\begin{array}{cccccccc} \downarrow & \downarrow & \downarrow & \downarrow & \downarrow & \downarrow & \downarrow & \downarrow \end{array}$$

$$\cos 2\theta \ = \ 2\cos^2\theta - 1 \tag{804 d}$$

請注意(804 c)句要用臺語唸，所以多一種方言多一樣方便。個人不反對說方言，依自己的興趣和能力，會說越多方言越好，因爲每種方言都有它獨特的妙處〔註2〕，不過爲了在互相溝通上節省時間和精力，大家應相互尊重，在公共場合時，使用同一語言，但若是在家中，或三五好友相聚，想要用「土話」或「洋話」，那就悉聽君便了。

〔註1〕家父終生服務軍旅，兩三個月才得返家休假一兩天。在軍中時日多，在家時日少，回家時，便教筆者國文（文言文），並且還要筆者背誦，很少敎地理、歷史，偶然編歌訣，上面(803 a)就是其中一例。

同理，(804 b)公式的歌訣可仿(804 c)如下：

　塊　三　等於四　塊　三　扣三　塊
　↓　↓　　↓　　↓　↓　↓　↓　↓　↓
「$\cos 3\theta \ = \ 4\cos^3\theta - 3\cos\theta$」　　　　　　　　　　(804 e)

當然口訣中不可能完全符合實際的公式，例如(804 a)和(804 b)中的角度 θ 就無法出現在口訣中，但這並無妨。

　讀英文也要記很多歌訣，這些就是基本的句型，由於英文的句子是活的，就像數學一樣，只要把基本的公式學好，就會運用自如了。

　不過，提起公式的應用，應有先後之分，這裡所謂的先後順序，在學數學和學英文上來說是不一樣的，學數學最好先記好公式，然後做相對應的代換，例如以前提過的(490)公式，只要記熟這個公式，然後將 a 以 2χ 取代，b 以 $-3y$ 取代，就成了(491)式的結果，同樣的道理，另一三次方公式：

　　$(a+b)^3 = a^3 + 3a^2b + 3ab^2 + b^3$　　　　　　　　　(804 f)

將(750)背好後，今若將 a 改為 2χ，b 改為 $-3y$，就有如下的結果：

　　$(2\chi - 3y)^3 = [(2\chi) + (-3y)]^3$

　$= (2\chi)^3 + 3(2\chi)^2(-3y) + 3(2\chi)(-3y)^2 + (-3y)^3$

然後將上式展開，即得所要求的結果（我們不是在此敎數學，只是舉例說明而已。）

　學數學應該先從公式本身的意義上著手，在了解每一項的基本定義

〔註2〕記得昔日在西德唸書，常赴漢堡訪張大勇先生（提供筆者獎學金的僑領，熱忱助人，筆者由衷感激。）聽到其家人提到上海話說出來很像唱歌，其中一例是（用簡譜表示）：

　　5 4 5 3 5 7 1 2
　　↓ ↓ ↓ ↓ ↓ ↓ ↓ ↓
原來是「沙發上棉紗線拿來」

不會簡譜的讀者請看五綫譜。方言之妙，妙不可言也。

之後，再根據此一基本不變的原則去解決其它形形色色的問題。基本原
則是不變的，而形形色色的問題是多變的，以不變的原則去應付萬變的
問題，這就是所謂：「以不變應萬變。」數學就應當如此去學，才不致本
末顛倒，而事倍功半。

　　同樣的道理，英文也有所謂的方式，但是，我們上面剛剛談過，在
應用上應有先後之分，我們最好不要先背好公式，然後像數學一樣去代
換。舉例子說明，一般文法書中常將一個句子用公式表示，固無不妥，
但初學者若一開始就死背英文公式，像背數學公式一樣，那就本末倒置
了。例如用被動式的句子來說明，若將以前學過的被動式(452)～(456)
用公式表示就成了：

　　　S.＋be＋p.p.＋by＋O　　　　　　　　　　　　　　　　(804 g)

其中 S.表示 subject（主詞）　　　　　　　　　　　　　　　(804 h)

　　　be 表示 verb to be（be 動詞）　　　　　　　　　　　　(804 i)

　　　p.p.表示 past participle（過去分詞）　　　　　　　　　(804 j)

　　　O.表示 object（受詞）　　　　　　　　　　　　　　　(804 k)

假如初學者想學會被動式，而先去背(804 g)式，口中像唸經文一樣，唸
個不停，一直唸：

　　　S 加 be 加 pp 加 by 加 O　　　　　　　　　　　　　　(804 l)

　　　………………………………………………………………

　　　………………………………………………………………

那麼當他們想說一句被動式的英文話或寫一句被動式的英文句子的時
候，豈不是要把這個(804 g)公式搬出來，然後才一個字一個字往公式裡
去塞？若是用這種方式去學英文，結果可能是話到說時不會開口了。

　　類似(804 g)的方式只是做參考罷了，就像本書中的(452)式，也不
希望初學者去背，要背的只是一些基本的句型，例如背會了主動式的句

型(65)～(68)之後，接著被動式的句子(453)～(456)就很容易背誦了，一旦背會了這三個被動式的句子，就如同背會了數學公式一樣，要舉一反三，就易如反掌了。

各位了解這些先後關係之後，就會慢慢明由為什麼要多背英文短文、格言、詩歌的道理。凡事都有本末、先後和終始，只要懂得其中的道理和方法，沒有任何一門課程能難得倒我們。前人所說的：「物有本末，事有終始，知所先後，則近道矣！」的確有很深的含意。

詞類的轉換：名詞⇄形容詞

　　國字是一個個獨立的方塊字，雖然有時可以把一個字加上幾筆，而形成另外一個字，但是字的意義會隨之改變，我們看幾個有趣的例子：

　　(1)「大」加上一點→「犬」或「太」　　　　　　　　　　　　　　(805)

　　(2)「一」加一豎→「十」，再加一橫→「土」，再加一橫→
　　　　「王」，再加一點→「主」或「玉」　　　　　　　　　　　　(806)

　　(3)「王」加兩豎→「田」，再加一豎→「由」，再一豎→
　　　　「申」，再加兩橫→「車」，再加個人旁→「俥」，　　　　　(807)

　　中國文字是很好做文字遊戲的，上面舉的例子是字形的變化。在原字上加一筆劃所形成的新字跟原字的意義毫無關聯，這是中國文字的特性，以前跟各位講了一個有關「大門」和「犬門」的故事，相信各位記憶猶新。

　　英文單字是由一個一個字母組合起來的，有時若干字可在字尾另加字母，也可在字首加字母。加了額外的字母以後，所形成的新字跟原字有相關性，而且詞類也發生了變化，這是英文獨具的特色。我們舉例說明：

sun [sʌn]	太陽	→ sun<u>ny</u> [ˈsʌnɪ]	多陽光的	(808)
cloud [klaʊd]	雲	→ cloud<u>y</u> [ˈklaʊdɪ]	多雲的	(809)
rain [ren]	雨	→ rain<u>y</u> [ˈrenɪ]	多雨的	(810)
wind [wɪnd]	風	→ wind<u>y</u> [ˈwɪndɪ]	多風的	(811)
fog [fɔg]	霧	→ fog<u>gy</u> [ˈfɔgɪ]	多霧的	(812)
mud [mʌd]	泥濘	→ mud<u>dy</u> [ˈmʌdɪ]	泥濘不堪的	(813)
hand [hænd]	手	→ hand<u>y</u> [ˈhændɪ]	便利的	(814)

horn [hɔrn]　　角　→ horny [ˈhɔrnɪ]　　角狀的　　　　　(815)

juice [dʒus]　　汁　→ juicy [ˈdʒusɪ]　　多汁的　　　　(816)

rock [rɑk]　　岩石 → rocky [ˈrɑkɪ]　　岩石的　　　　(817)

上面兩行字中，左邊一行是名詞，而在其字尾加上一個字母"y"之後，就變成了形容詞。請注意，並非每一個名詞後面加一個 y 字就成了形容詞。有時加上別的字母之後也會變成形容詞。

先將(808)～(817)字中若干字取出造句：

It is sunny in Tainan.　　　　　　　　　　　　　　(818)

（台南多陽光。）

It is windy in Singtsu.　　　　　　　　　　　　　(819)

（新竹多風。）

It was foggy this morning.　　　　　　　　　　　(820)

（今晨多霧。）

In the rainy days, the road is muddy.　　　　　(821)

（在多雨的日子裡，路泥濘不堪）

The orange is juicy.　　　　　　　　　　　　　　(822)

（柳橙多汁。）

This mountain is rocky.　　　　　　　　　　　　(823)

（這座山多岩石。）

有時把若干名詞加上"en"兩個字母，就成了形容詞，例如：

wood [wʊd]　　木材 →　wooden [wʊdn̩]　　木材的　(824)

gold [gold]　　金　→　golden [goldn̩]　　金的　(825)

舉例說明：

He has a wooden heart.　　　　　　　　　　　　(826)

（他有一顆木頭的心。）意譯：他有一顆鐵石心。

Golden Gate Bridge　　　　　　　　　　　　　　(827)

（金門大橋）位於舊金山

有時把某些名詞加上 "ly" 也形成了形容詞，

例如：

friend [frɛnd] → friendly ['frɛndlɪ]　　　　　(828)

朋友　　　　　　　　友善的

heaven ['hɛvn̩] → heavenly ['hɛvn̩lɪ]　　　　(829)

天堂　　　　　　　　天堂般的

He is vey friendly.　　（他很友善。）　　　　(830)

Sleep in heavenly peace.　　（睡在如天堂般的寧靜之中）意譯：

睡得非常祥和。〔註〕

　　將名詞變為形容詞所須額外補加的字還有許多，我們只先做簡單的
介紹，各位先建立好觀念，畫好輪廓，以後再逐次補充，便臻於完善了。

　　上面談的是將名詞加上若干字母就變成了形容詞，同樣的道理，將
形容詞加上某些字母後就成了名詞。這種變換的方法也有好多種，我們
先列舉一二：

lazy ['lezɪ] → laziness ['lezɪnɪs]　　　　　(837)

懶惰的　　　　　　懶惰

〔註〕有名的聖誕夜(Silent Night)中的一句歌詞：

Silent night! Holy night!　　　　　　　　　　(831)

All is calm. All is bright.　　　　　　　　　　(832)

Round yonder virgin mother and child.　　　　(833)

Holy infant so tender and mild.　　　　　　　(834)

Sleep in heavenly peace.　　　　　　　　　　(835)

Sleep in heavenly peace.　　　　　　　　　　(836)

busy [ˈbɪzɪ] → business [ˈbɪzɪnɪs]　　　　　　　　(838)

忙碌的　　　　　事業

kind [ˈkaɪnd] → kindness [ˈkaɪndnɪs]　　　　　　(839)

仁慈的　　　　　　仁慈

ill [ɪll] → illness [ˈɪlnɪs]　　　　　　　　　(840)

生病的　　疾病

tired [taɪrd] → tiredness [ˈtaɪrdnɪs]　　　　　　(841)

疲憊的　　　　　疲憊

並非所有的形容詞後面加上"ness"會成了名詞，若是如此，英文就太好學，而且一種語言若是如此呆板，沒有變化，就會令人覺得平淡乏味了。

現在我們舉幾個例子：

He is a kind man.　（他是位仁慈的人。）　　　　　(842)

Thank you for your kindness.　　　　　　　　　(843)

（謝謝你的仁慈，意譯是謝謝你對我好。）

She is ill.　（她病了。）　　　　　　　　　　　(844)

She could not come because of her illness.　　　(845)

（她因病不能來。）

He is a lazy man.　（他是懶人）　　　　　　　　(846)

His laziness frustrates me.　　　　　　　　　　(847)

（他的懶惰使我氣惱。）

另外還有一種轉換是名詞、形容詞和副詞的轉變，我們先看幾句中文：

她是一個美麗的婦女。　　　　　　　　　　　　(848)

她的美麗是眾人皆知的。　　　　　　　　　　　(849)

美化公園很重要。 (850)

從上面三句中可看出同一個「美」字，可做以下變化：

形容詞：美麗的(beautiful) (851)

名詞：美麗(beauty) (852)

動詞：美化(bautify) (853)

(848)～(850)句改成英文翻譯是：

She is a beautiful lady. (854)

Her beauty is known to every body. (855)

It is important to beautify the park. (856)

我們再看另外一個字「成功」：

He is a successful worker. （他是個成功的工作者。） (857)

I am proud of his success. （我以他的成功為榮。） (858)

He can not succeed because of his laziness. (859)

（他因他的懶惰而無法成功。）

(857)～(859)中的：

successful （成功的）為形容詞 (860)

success （成功）為名詞 (861)

succeed （成功）為動詞 (862)

若再將 successful 加上 ly 就成為：

successfully （成功地）(即副詞) (863)

而將(851)加 ly 亦成為副詞：

beautifully （美麗地） (864)

由上面舉的例子可以看出名詞、形容詞、動詞和副詞之間相互的關係。我們要再度強調的是想學好英文，一定要將詞類分辨清楚，那些字是名詞、那些是形容詞、動詞或副詞等等，都要一目了然，否則就會出錯。當然，有時基本的句型唸熟了，自然會知道用那些字，這是習慣成自然，熟能生巧的道理。

一篇有關係代名詞的短文

短文對學習英文有很大的幫助，有些精彩的短文是值得精讀或背誦的，其中不但包含很多生字，還隱藏很多重要的文法。現在就介紹一篇有趣的短文：

The Man Who Had Two Wives   (865)

Once there was a man who had two wives.(866) One of them was very old, the other was very young.(867) The man was not very young.(868) He had a few white hairs.(869) The young wife wanted her husband to be young.(870) So she pulled out all his white hairs.(871) The old wife wanted her husband to be old.(872) She pulled out all his black hairs. (873) In the end, the poor man had no hairs at all.(874)

上文的內容是：

從前有一個人，他有兩個太太。其中一個很老，另外一個很年輕。這個人並不太年輕，他有幾根白頭髮。年輕的太太想要她的丈夫年輕，因此把他所有的白頭髮都拔掉。年老的太太想要她的丈夫年老，她把他所有的黑頭髮都拔光。結果，這個可憐的人連一根頭髮都沒有了。

上文中有些句子須加以說明，例如(866)句是由兩句合起來的。

There is a man. He has two wives.   (875)

＝There is a man who has two wives.   (876)

用一個關係代名詞"who"就將兩句合而為一了。今若用過去式，則為：

There was a man. He had two wives.   (877)

=There was a man who had two wives. (878)

(878)句首若補加一個副詞"once"（從前有一次）就是原文的(866)了。

> wi<u>fe</u> [waɪf]　太太，妻子（單數） (879)
> wi<u>ves</u> [waɪvz]　太太（複數）（多數） (880)

請注意以下一個字的變化：

> lea<u>f</u> [lif]　樹葉（單數） (881)
> lea<u>ves</u> [livz]　樹葉（複數） (882)

請注意看，單數的字尾若有 f 或 fe,複數則改爲 ves，如上面每個加底線的字所示。

(867)句中的片語要記牢：

one of them..., the other... (883)

（其中之一……, 另一個……）

我們可舉一個例句：

There are two islands in China.　One of them is
Taiwan, the other is Hainan. (884)

（中國有兩個島，其中之一是台灣，另一個是海南島。）

There are two birds on the tree.　One of them is a jay, the
other is a lark. (885)

（樹上有兩隻鳥，其中一隻是樫鳥，另一隻是雲雀。）

(872)句中的 want 一字本身有很多不同的解釋，我們舉例說明：

I want <u>to go</u> to China.　（我想去中國。） (886)

I want <u>to be</u> a doctor.　（我想成爲醫生） (887)

I want you <u>to help</u> him.　（我要你幫助他。） (888)

現在將(888)句中的字用適當的字取代就成了：

I want you <u>to be</u> young. （我想要你年輕。） (889)

由於 young (年輕的) 是形容詞，所以要在它前面用 be 動詞。(889) 句和 (870) 或 (872) 句完全相似，是屬於同一句型。

在 (865) 這一篇短文中，只有上面的這兩種句子需要多費心讀熟，其它的句子都不會太難，所以讀書要抓重點，不要死讀強記，要心領神會。這篇短文讀三、四遍就可背起來了。背書時，不要一個字接一個字去硬背，要在腦海裡浮現出一幅畫，想像從前有一個人，有兩個太太，一個很老，像老太婆；一個年輕，很漂亮，然後想像各人分別拔那人頭上的黑、白頭髮的樣子，這時口中同時唸出句子來。如此從小訓練這種記憶的方法，以後每當腦中浮現某種景象，口中立刻就能把對應的句子唸出來。讀書，不只是為了爭取一兩場考試的好成績，更是為了終生學以致用的實力。現在記得越多，並且能倒背如流，以後必能出口成章，下筆成文。記憶配合理解，只要肯下工夫，則無往而不利。〔註〕

最後我們看 (874) 句中的：

at all　完全（否定句用）　　　　　　　　　　　　　　　(890)

I don't know him at all.　（我完全不認識他。）　　　　(891)

He has no money at all.　（他根本就沒有錢。）　　　　(892)

到現在，(865) 全文應該會背了，其中有一個字：

few [fju]　少許幾個　　　　　　　　　　　　　　　　　(893)

〔註〕記得以前一位與我初中和高中同班的同學李清木（台南二中），參加大專聯考，得到狀元，轟動全國，可說是台南二中空前的盛事。他在學的時候，英文沒有一課是不背的，他將難記的字寫在生字簿上，由於他家在麻豆（台南縣），每天（從民國 42 年到 48 年）清晨起床，先趕糖廠小火車，到隆田，然後乘大火車到台南，下車後要走十多分鐘的路到台南二中。在走路的途中，別的同學嬉笑聊天，他卻拿著生字簿在隊伍中邊走邊記生字，他善於利用時間，而且勤學苦讀，全校聞名。對著重記憶的化學課程，他能把整本書背下來！他能得到全國聯考第一名，絕非偶然。

與"a few"的區別可自己去查查字典。至此，字彙不斷增多，文法不斷加深，英文的程度就如此逐漸提升了。

談到關係代名詞，還要請各位熟讀下面四句很有哲理的話。這四句話不但是學英文的佳句，而且還深藏著交友之道。先用電腦的數學(0 與 1 兩個基本位元) 方式描述句型，它們是：

00, 01, 10, 11 (894)

各位可細心去體會，必可發現其中的奧妙。

He who <u>knows not</u> and <u>knows not</u> he knows not, is dangerous, shun him.(00) (895)

He who <u>knows not</u> and <u>knows</u> he knows not, is simple, teach him.(01) (896)

He who <u>knows</u> and <u>knows not</u> he knows, is sleeping, wake him.(10) (897)

He who <u>knows</u> and <u>knows</u> he knows, is wise, follow him.(11) (898)

(894)所寫的是二進位數學，讀者若學過，一看便知；若未學過，也無妨。

〔註〕總之，二進位數學只有 0 和 1，沒有 2,3,4,……。若將 knows not (不知道) 視為 0，knows (知道) 視為 1，那麼(895)～(898)的組合正是(894)的數學關係。原來學英文跟數學也扯上了一點關係，豈不奇妙？其實，世上的道理都是相通的，所以常言道：「一通則百通。」願各位能體會個中道理。

(895)～(898)四句話的意思是：

一個人不知道，而不知道他不知道，此人是危險的，遠離他。

一個人不知道，而知道他不知道，此人是單純的，教導他。

〔註〕有興趣的讀者可參看《電腦啟蒙》一書，齊玉著，三民書局出版。

一個人知道，但不知道他知道，此人是在睡覺，叫醒他。

一個人知道，而知道他知道，此人是聰明的，跟隨他。

而每句的主句分別是：

He is dangerous.　（他是危險的。）　　　　　　　　(899)

He is simple.　（他是單純的。）　　　　　　　　　(900)

He is sleeping.　（他是在睡覺。）　　　　　　　　(901)

He is wise.　（他是聰明的。）　　　　　　　　　(902)

用關係代名詞連接的子句是用以形容主詞 He 的。至此，每一句的文法和句意都非常清楚，很容易就能把它們背起來。讀者不妨用(894)的數學方式背背看。

有現在分詞和過去分詞的短文

從諺語(proverb)或短文中，我們能學會很多重要的文法或字彙，請繼續往下看：

△ Let sleeping dogs lie. (903)

（字譯：讓睡狗躺著。意譯：別興風作浪。）

△ Barking dogs never bite. (904)

（吠犬從不咬人）

△ A rolling stone gathers no moss. (905)

（滾石不生苔。）

△ It is no use crying over spilt milk. (906)

（字譯：對著翻倒的牛奶哭泣是無益的。意譯：覆水難收。）

△ Give a starving man a fish, and you have satisfied him for a single day. Teach him how to fish, and he will never starve again. (907)

（給一個挨餓的人一條魚，你只能滿足他一天而已，教他如何釣魚，他就永遠不會再挨餓了。）

(903)句中的 sleeping 是 sleep（睡覺）的現在分詞，可做為形容詞之用，意義是「正在睡覺的」。我們再複習一次，現在分詞除了可用於進行式之外，還可當做形容詞之用，這是現在分詞很重要的特性，我們看下面的句子：

The baby is sleeping. （嬰兒正在睡。） (908)

The baby is smiling. （嬰兒正在微笑。） (909)

The sleeping baby is smiling. (910)

(睡覺的嬰兒在微笑。)

(有的嬰兒在睡的時候會微笑，樣子十分可愛。)

(910)句中的 sleeping 是現在分詞，做形容詞用，形容 baby；而其中 smiling 也是現在分詞（原字是 smile [smaɪl] 微笑），卻是做進行式之用，所以形式都是現在分詞，但本質上，有的做形容詞之用，有的則做爲進行式之用。

(904)句中的 rolling（滾動的）是 roll [rol]（滾動）的現在分詞，做形容詞之用，形容 stone（石頭）。

(906)句中的 starving（挨餓的）是 starve（受餓）的現在分詞，做形容詞用，形容 man（男人）。satisfied 是 satisfy（滿足）的過去分詞，這裡做完成式之用。

最後我們才看(906)句，其中的 crying 表示上是 cry [kraɪ]（哭）的現在分詞，但是實際上，它卻是另外一種詞類，這裡 crying（哭）是做名詞用，由於它是由 cry 這個動詞變來的，所以把它稱做動名詞(gerund)。

動名詞在英文中也佔很重要的地位，在中文裡，動名詞不易與動詞區分開來，原因是中文字不可能加"ing"。中文字是一個個方方正正的方塊字，各自獨立，各有各的風格，不像英文字，可加頭加尾之後，能變成另一個字，所以從文字的特性來看，中國人像中國字是不容易改變的，有時很喜歡堅持己見，不受別人影響，往好的地方看，這是中國人的特性，獨立而堅守不變的原則；但往另一方面看，也正是中國人的缺點，那就是故步自封，不接受別人的意見，一味狠幹蠻幹，永不認錯。所以從一個國家的文字或多或少可以看出這個國家人民的民族性。

現在我們看有動名詞的例句：

△ Seeing is believing.　（眼見爲眞。）　　　　　　　(911)

　　（看到就是相信。seeing 是由 see 加 ing 而來，是動詞名詞；believing 是 believe 加 ing 而來，但請注意，動詞的字尾有 e 時，加 ing 前要把 e 去掉後，再加 ing。）

△ I heard the barking.　（我聽到吠聲。）　　　　　　(912)

　　bark [bark] 吠，是動詞，加了 ing 成爲 barking，就是動名詞。(912) 句中的 heard [hɜd] 是 hear 聽的過去式，是以前讀過的字。但在下面的句子中：

△ The dog is barking.　（狗正在吠。）　　　　　　　(913)

其中的 barking 是進行式的現在分詞。到現在爲止，何者爲動名詞，何者爲現在分詞（做進行式用的），可一目了然。

△ Do you mind my smoking?　　　　　　　　　　　(914)

　　（你介意我抽煙嗎？）

　　mind [maɪnd]　介意（動詞）　　　　　　　　　　(915)

此字亦可做其它解釋，請各位查查字典。(914) 句中 my smoking（我的抽煙），smoking 爲

　　smoke [smok]　抽煙（動詞）　　　　　　　　　　(916)

加上 ing 而來，請注意 smoke 一字的尾巴是個字母 e，所以加 ing 之前先要把它去掉。

　　動名詞的用法很多，我們只先舉幾個簡單的例子說明，各位先打好初步基礎，以後再一層樓接一層樓往上走。初學任何東西，無論是課程也好，技藝也好，才藝也好，都不宜操之過急，否則會欲速則不達的。

背誦文章有助於提升英文水平

　　學習語言的最好方法就是多讀多看多背，而且要開口朗讀，最好是在清晨起床後，盥洗畢，喝一杯溫溫的清開水(切忌飲冰水)，接著開始唸英文，如此持之以恒，每天只花廿分鐘左右，三個月下來，必然大有收穫。各位可下定決心，先試試看。凡事要先有恒心，然後配合耐心，最後一定會成功的。目前一般學生讀書不肯下工夫，臨考前才強讀死記，猛開夜車。想把書讀好，無異緣木求魚。

　　以下有些短句、短文或故事，都是值得熟讀的。

　　If a man has one hundred sheep, and one of them gets lost.(917) What does he do？(918) He leaves the other ninety-nine sheep eating grass on the hillside and goes to look for the lost sheep.(919)

　　(假若一個人有一百隻羊，而其中一隻丟了，他該怎麼辦？他會讓其它九十九隻羊在山邊吃草，而去尋找那隻丟掉的羊。)

　　(917)句中的 get 一字用法很多，例如：

　　I get tired.　　(我累了。)　　　　　　　　　　　　　(920)

　　He gets drunk.　　(他醉了。)　　　　　　　　　　　(921)

　　It is getting dark.　　(天色漸漸黑了。)　　　　　　(922)

　　My dog gets lost.　　(我的狗丟了。)　　　　　　　(923)

這裡的 get 有「變為」的意思，get 還有其它的許多用法，有興趣想登上更高一層樓的讀者，當然要多查字典了。

　　(919)句中有一個現在分詞 eating，一個過去分詞 lost。其中 eating 接了四個字：

eating grass on the hillside (924)

是用來形容 the other ninety-nine sheep 的, (924)雖然是由幾個字
組合而成的, 但是沒有完整的意義, 所以不成句子, 只是一個片語
（phrase）而已。這片語是由現在分詞起頭的, 所以叫做分詞片語, 而
且它是用來做形容的, 所以叫做形容詞的分詞片語, 這些都是文法上的
術語, 各位在高中的文法課裡會讀到。只要把一些基本的道理搞清楚,
這些使很多學生感到困擾的文法分析就會立刻變得無比的簡單, 比記化
學分子式、結構式或化學反應式不知容易多少倍！

另外 lost 後面跟一個字 sheep：

lost sheep （丟掉的羊） (925)

是兩個字組合而成的, 也不代表一個完整的意思, 所以不成句子, 又只
是片語而已, 它是什麼片語呢？當然是名詞片語, 在(919)中是做 look
for（尋找）的受詞。lost 是 lose 的過去式和過去分詞, (917)中的 lost
是過去分詞, 做形容詞用。現在我們知道不管是現在分詞也好, 是過去
分詞也好, 都可用來做形容詞之用, 各位讀熟了(917)以下的句子後, 請
看以下的例子：

a barking dog （一隻在吠的狗） (926)
　　現在分詞

a broken plate （一個破的盤子） (927)
　　過去分詞

the dog barking at her （對著她吠的狗） (928)
　　（現在分詞片語（做形容詞用, 形容 the dog））

the plate broken by him （被他打破的盤子） (929)
　　（過去分詞片語（做形容詞用, 形容 the plate））

上面(926)～(929)都是片語, 若要變成句子, 只要加幾個字就好了, 請

看：

A <u>barking</u> dog never bites. (930)

（吠犬不咬人。）現在分詞有主動的意味。

A <u>broken</u> plate is thrown away. (931)

（一個破盤子被扔掉了。）過去分詞有被動的意味。

The dog barking at her is a poodle. (932)

（這隻對著她吠的狗是哈叭狗。）

The plate broken by him is cheap. (933)

（被他打破的盤子很便宜。）

所以只要把文法弄清楚，單字記牢，文句的先後關係摸熟，一個句子甚至一篇文章都是很容易了解的。筆者教過很多學生，其中有一位在翻譯 (919) 句的時候，鬧過很大的笑話，竟然譯成：「他離開其它九十九隻羊，到山邊去吃草。」豈不幽默？什麼樣的錯誤都會有，有時令人啼笑皆非。

The Two House Builders（兩個建屋者） (934)

Anyone who hears my teachings and obeys them is like a wise man who built his house on solid rock.(935) The rain poured down, the rivers flooded over, and the wind blew hard against that house.(936) But it did not fall, because it was built on solid rock.(937)

But anyone who hears my teachings and does not obey them is like a foolish man who built his house on loose sand. (938) The rain poured down, the river flooded over, and the wind blew hard against that house.(939) It fell, because it was built on loose sand.(940)

(凡是聽我的教言並且遵照著去做的人像智者，他把他的房子建在堅固的岩石上。大雨傾盆而下，河水溢流，強風吹襲那棟房子，但是它不會倒塌，因為它被建在岩石上。

但凡是聽到我的教言，卻沒有遵照著去做的人像愚者，他把他的房子建在鬆軟的沙上。大雨傾盆而下，河水溢流，強風吹襲那棟房子，它就倒塌了，因為它是建在沙上的。)

(935)句可以分解成很多小部分，我們一句句寫出來：

Anyone hears my teachings.   (941)

Anyone obeys my teachings.   (942)

(941)＋(942)補上一個連接詞 and，就可寫成：

Anyone hears my teachings and obeys them.   (943)

(此處 them 指 my teachings.)

從(935)句中我們再拆出兩句來：

Anyone is like a wise man.   (944)

A wise man built his hounse on solid rock.   (945)

(944)＋(945)補上一個關係代名詞 who，就可寫成：

Anyone is like a wise man who built his house on solid rock.   (946)

現在將(943)＋(946)，補上一個關係代名詞 who 就成了(935)句：

Anyone <u>who hears my teachings and obeys them</u> is like a wise man <u>who built his house on solid rock</u>. (947)

(947)句即(935)句，其中有兩個用 who 帶頭的子句，都是形容詞子句，其一：

who hears my teachings and obeys them (948)

是用以形容主詞 Anyone 的。其二：

who built his house on solid rock (949)

是用以形容 man 的。經過這樣的分解與組合後，(935)句就變得清晰、易懂、層次分明而易於背誦了。讀者可立刻試試，先背背看。想想每一小句的意義，然後用連接詞和關係代名詞組合起來，再拿筆在紙上默寫一遍，如此，這句話就深深印入腦海，成了各位自己的句子，存進自己腦中的記憶體內，以後想用時，就可隨時呼叫出來。這才算真正讀好書，不是應付考試的讀書方式，而是充實自己實力的正確讀書途徑。各位，不論過去英文讀得好或不好，都已成了過去，任何事從現在開始都不為遲，好好努力，一點一滴從頭來。

(936)句中的 down（下），over（上），against（對著）都是介系詞，另外

pour	poured	poured	傾盆大雨	(950)
flood	flooded	flooded	氾濫	(951)
blow	blew	blown	吹	(952)

都是動詞。而

hard [hard] (953)

是形容詞，也是副詞。此處是副詞，用以形容 blew（吹）。如何吹？是很強的吹(blew hard)。(936)句是簡單的句型。

(937)句中有一個被動的子句，就是：

It was built on solid rock. (954)

（它被建在岩石上。）

(935)～(937)三句了解之後，(938)～(940)三句乃是依樣畫葫蘆，只是換換字罷了。所以(934)整篇短文是很容易背下來的，只要各位肯花工夫，要學好英文，是指日可待的。

我們再看另一篇短文，也是從《聖經》(Bible)裡摘錄出來的 (Luke 8.5-8)。《聖經》裡的故事比喻和文章都非常優美，常常閱讀，對我們有莫大的幫助。

The Parable of the Sower (955)
（播種者的比喻）

Once there was a man who went out to sow grain.(956) As he scattered the seed in the field, some of it fell along the path, where it was stepped on, and the birds ate it up.(957) Some of it fell on rocky ground, and when the plants sprouted, they dried up because the soil had no moisture. (958) Some of the seed fell among thorn bushes, which grew up with the plants and choked them. (959) And some seeds fell in good soil; the plants grew and bore grain, one hundred grains each. (960)

（從前有一個人出去播穀子。當他把種子播撒在田裡時，有些種子沿路落下，被人踐踏，而且鳥兒將它吃掉。有些落到岩石地上，當植物發芽時，它們就會乾枯，因為土裡沒有水分。有些落到荊棘裡，荊棘跟著植物一同生長，擠壓它們。有些種子落在好的土壤裡；植物成長，長出穀粒來，每一根植物，長出一百粒穀子。）

(956)與以前(866)句相似。

sow [so]　種植 (961)

grain [gren]　穀粒 (962)

這句只要將生字弄清楚，就很容易了解。請注意 sow 不要與 saw [sɔ] see 的過去式相混。

(957)中的 as 做「當」解，as 還有許多其他的解釋，例如：

Do in Rome <u>as</u> the Romans do. (963)

(字譯：在羅馬，<u>照著</u>羅馬人做的去做。引申之意為「入鄉隨俗」。)這句中的 as 有「如」、「照」的意義。

Do as I say, not as I do! (964)

(照我說的做，別照我做的做。)

例如有位老師告誡學生不可抽煙，自己卻常常抽煙。於是學生說：

"You told me not to smoke.〔註〕But now you smoke!"老師以(964)句回答："Do as I say, not as I do!"這是一個典型的以言教代替身教的教育方式，學生會聽老師的話嗎？

(957)中的 along 介系詞：

along [ə'lɔŋ]　　沿 (965)

road 為大路。 (966)

where 在這句中不當「那裡」解，它是關係代名詞，指的是 path。It was stepped on. (它被踐踏，指種子被踐踏。) 在那裡被踏踐呢？是在 path 上，所以用 where it was stepped on (957),中有 ate it up (把它吃掉了)，例如：

I have eaten it up. (我已把它吃掉了。) (967)

(957)句的主句是：

〔註〕此句之句型請參看(788)。

Some of it fell along the path. (967 a)

頭尾兩句都是加上去的。

(958)句雖然很長，但句型簡單，只要把生字查清楚，就不難了解其中的含意了。rocky 一字請看(817)，其它的字如：

ground [graʊnd] 地 (967 b)

sprout [spraʊt] 萌芽 (967 c)

dry up 乾枯，乾涸 (967 d)

例如 The lake has dried up. （這湖已乾涸了。） (967 e)

moisture ['mɔɪstʃər] 水分，濕氣 (967 f)

(959)句中的生字：

among [ə'mʌŋ] 在……之間（指三者之上） (968)

若是二者之間，則用：

between [bɪ'twin] 在二者之間〔註〕 (969)

thorn [θɔrn] 棘 (970)

bush [bʊʃ] 叢林 (971)

grow up 成長 (972)

choke [tʃok] 窒息 (973)

(959)的主句是第一句。而 which 接的是子句，是形容 thorn bushes 的；grew up 是 grow up(972)的過去式，有刺的叢樹（荊棘）隨著植物一同成長，並擠扼它們(them)，這裡的它們指的是植物。

(960)句中有一個字值得一提，那就是：

bear [bɛr] 生（產），結（實） (974)

它的三變化是：

bear   bore   born (975)

〔註〕例句請複習(599)。

(960)句中的 the plants grew and bore grain 意思是這植物成長了，並且長出（結出）穀子來。我們再看一個例句：

A healthy tree bears good fruit, but a poor tree
bears bed fruit. (976)
　（一棵好（健康的）樹結出好果實，但是一棵壞樹結出壞果實。）

I was born in China in 1969. (977)
　（我在一九六九年在中國出生。）

This tree bears no fruit. (978)
＝This tree does not bear fruit. (979)
　（這棵樹不結果實。）

　　一篇文章經這樣細讀分析並且舉例說明，應該是非常清楚了。一旦把文中大意摸清之後，腦中隨即出現一個播種者的影像，有些種子落到路邊，有些落在岩石上，有些落入荊棘中，有些掉到好的土裡，於是有不同的結果。整篇文章很容易背起來，接著就是默寫一遍，測驗自己的記憶力和理解力。一篇一篇文章就這樣讀會了，各位的英文程度也就隨著提升。

　　以下的一篇短文，對了解下面幾個常用的英文字有很大的幫助：

instead [ɪn'stɛd]　不……而…… (980)
full [fʊl]　充滿的 (981)
sound [saʊnd]　健全的 (982)

The Light of the Body (983)
（身體之光）

No one lights a lamp and then hides it or puts it under a
bowl, instead he puts it on the lampstand, (984) so that people

may see the light as they come in. (985)　Your eyes are like a lamp for the body. (986) When your eyes are sound, your whole body is full of light; but when your eyes are no good, your whole body will be in darkness.(987)

（沒有人點亮一盞燈之後，把它藏在或放在一個碗下，而他會把它放在燈臺上，因此，人們在走進來的時候，可以看到亮光。你的眼睛就像是身體之燈一樣。當你的眼睛明亮(健全的)，你整個身體都充滿了光亮；但當你的眼睛不好的時候，你整個身體就會在黑暗之中。）

(984)中的 hide（藏匿）是動詞，請注意其三變化為（請參看(1015)）：

hide　　hid　　hid 或 hidden　　　　　　　　　　(988)

under [ˈʌndɚ]　在……之下　　　　　　　　　　(989)

"instead"一字的用法很重要，從例句中可看出該字的用法，例如：

He does not go away, <u>instead</u> he stays here.　　(989 a)

（他不離開，而留在這裡。）

I eat pear <u>instead</u> of papaya.　　　　　　　(990)

（我吃梨子而不吃木瓜。）

"so that"：因此。舉例說明：　　　　　　　　(991)

Get up early, so that you can see the rising sun in the east.　　　　　　　　　　　　　　　　(992)

（早點起床，因此你能看到在東方升起的太陽。）

"full of"：充滿。例如玻璃杯充滿了水：

The glass is full of water.　　　　　　　　(993)

由於 full 是形容詞，所以前面要加 be 動詞。

dark：黑暗的，是形容詞，加了 ness 成爲 darkness：黑暗，是名詞。

有些形容詞加了 ness 後成為名詞，以前曾提過，請各位自行複習。

最後，我們還要補充的是(991)的 so that 有時可分開：

so… that… (如此……以致……)　　　　　　　　　　　(994)

He is so clever that he wins the first prize.　　　　(995)

(他如此聰明以致贏得第一獎。)

下面一篇精彩的文章是一位在臺灣出生，到美國唸書的小學生 Bakey Yang 寫的，經由一位日本教授吉本千禎的推介，筆者取得了這篇當時在 Iowa 州全州國小作文比賽得到第一名的文章，題目是 Alone in the House (獨自在家時)。吉本千禎教授要求筆者的長子毛治平將全文用漫畫描繪。這篇文章描寫作者本身在父母外出應酬後，獨自一人留在家中，飽受驚嚇的情景，令人讀時為她捏一把冷汗，這不但是一篇研究兒童心理的好文章，更是一篇值得初學英文者背誦的絕妙好文。

Alone in the House　　　　　　　　　　　　　(996)
(獨自在家時)

I was going to be alone in the house for the first time. (997) My mom and dad were going to a party for adults only, (998) and my mom couldn't find a sitter.(999) So I was going to stay at home.(1000) When my mom said bye and told me not to touch the oven and drove away,(1001) I had a creepy feeling that there was nobody in the house.(1002) Maybe ghosts were in the house.(1003)

The first thing I did was turn on all the lights in the house.(1004) Then I turned on the TV, so I could get my mind off ghosts.(1005) But there were only Saturday Night

Nightmares on, and on NBC,(1006) there was a man lying on the bathroom floor with blood spitting out of him.(1007) Then I turned off the TV. For a minute I just sat there. (1008)

Then I got up and got out book and started to try to read.(1009) But I couldn't because I was too scared.(1010) Then I decided to look at the stars,(1011) but there was a full moon out, and I knew that werewolves came out on full moons. I decided to make myself a snack.(1012) But right after I make it, I wasn't hungry anymore.(1013)

Then I heard the noise. A person was walking in the house.(1014) I fled into my room and hid under the covers. (1015) My heart was beating so fast.(1016) A hand opened the covers.(1017) And when I was about to scream,(1018) I saw my mom's face. I was so glad it wasn't a monster.(1019)

這篇文章令人一面讀, 一面爲作者 (是位小女孩) 緊張, 一直讀到最後一句, 才鬆下一口氣來。一個小小的中國女孩, 在國內受了幾年國小敎育以後, 到美國讀了幾年英文, 竟能寫出描述如此細膩的文章, 揚名異邦, 這是中國人智慧發揮的極致。筆者曾留學美國、西德, 先後共五年, 深深體會到歐美人民並非絕頂聰明, 而世界上最聰明最優秀的民族應該算是中華民族(請看附錄), 這並不是因爲我們是中國人, 才自褒自詡, 事實上, 有很多證明是如此。雖然歐美人民不比中國人聰敏, 但是卻比中國人守法, 做事比較有條理、有系統、有計劃, 所以在物質文明, 在科技方面, 他們是遙遙領先的。我們現在讀英文(目前來講, 是全世界較通用的語文。)絕非崇洋媚外, 而是藉語文做爲溝通的工具, 吸收他人的長處，彌補自己的缺失，所謂「他山之石可以攻錯」。做人絕不可忘本，，在學好英文之後，切不可將自己的文化思想拋到九霄雲外。畢竟中國文化博大精深，寶藏無窮，若能以今日西洋的科技，發揚中國文化的精髓，則中國有福，世界必也有福。

現在我們回頭看(996)「獨自在家時」一文中須加說明的句子：

(997)中的 be going to... (將要，就要)

我這就要去拜訪他了，可寫成：

I am going to visit him.　　　　　　　　　　　　　　(1020)

will 也是「將要」的意思，表示即將要做某件事，與(997) be going to (將要) 不太一樣。舉例說明，父子有一段對話：

父："Pleas wash the car for me, John!"　　　　　　　　(1021)

子："I am sorry, dad. I can't do it now.　May I do it
　　another day? (改天)　　　　　　　　　　　　　　(1022)

父："Sure! When will you do it？"　　　　　　　　　　(1022 a)

子："I will wash the car tomorrow."　　　　　　　　　(1023)

到了第二天，爸爸叫兒子洗車，兒子也正準備去洗，請看以下對話：

父："You said you would wash the car today."　　　　　(1024)

子："I am going to wash it right now."　　　　　　　　(1025)

　　(我這就要去洗車了。)

美國人說話快，在會話時，常將 going to 讀成 gonna[gɔnə]，例如唸 I'm going to see you.他們會唸成 [aɪm gɔnə si ju]。而不會照著字一個一個的唸。

(997)中介系詞：在房屋裡用 in；對時間「第一次」(the first time)用 for。

還有(997)中的 alone 是形容詞，而 be going to 後要接動詞，所以「我就要獨自在家」應寫成：

I am going to be alone in the house. (1026)

要加一個 be 動詞。

(998)中的 were going to a party 中的 going 不像(997)，它是動詞的進行式，例如：

They are going to a party. (1027)

（他們正要去一個派對。）

請比較：

They are going to go to a party. (1028)

（他們就要去一個派對。）

(998)中的介系詞 for(為，對)，我媽和爹正要去一個只給成年人參加的派對，所以用 for。

(999)中 sitter 是褓姆。在美國，父母外出，不可獨留小孩在家，要請褓姆照顧，否則違法，這是保護小孩的法律規定。

(1000)中 I was going to stay.與(997)同，只是現在 to 後接動詞 stay（逗留）。

(1001)She told me not to touch the oven.（她叫我別碰爐子。）注意句中的 not to touch，而不能寫成 do not touch（請看(788)）。drove 是 drive（駕駛）的過去式，駕車的三變化為：

drive   drove   driven   駕駛 (1029)

creep [krip] 蠕動，發抖 (1030)

creepy feeling 毛骨悚然的感覺 (1031)

意思是她父母開車走後，她一人在家，身上好似有東西在爬的感覺(feeling)，就是毛骨悚然的感覺。如何可怕的感覺呢？是沒人在家的感覺，所以用連接詞 that，例如：

I have a feeling that there is a dog in the house.

（我有一種感覺，有一隻狗在屋裡。）(1032)

「我沒有時間。」「我沒有錢。」英文寫成：

"I have no time." "I have no money."(1033)

現在請看以下的寫法：

There is nobody in the house. （現在式）(1034)

There was nobody in the house. （過去式）(1035)

There has been nobody in the house. （完成式）

（不曾有人在家。）(1036)

There will be nobody in the house. （未來式）

（將不會有人在家。）(1037)

有一句英文很像臺語的結構：I see nobody. （我看不到一個人。）若用臺語說，則爲：「我看沒人。」很是巧合。

(1003)中之 maybe(也許)是副詞，形容整句 Ghosts were in the house. （鬼在家中。）

(1004)中 I did 形容 The first thing,主句是 The first thing was turn on all the lights。（第一件事是打開所有的燈。）in the house 形容 the lights。句中本有一關係代名詞 which，即：

The first thing which I did was turn on all the lights in the house.(1038)

但此一 which 可省去。在唸這句話的時候，唸到 I did 處可稍稍停頓一下，然後從 was 開始接下去，聽人唸書，看他是否會分段落，就知道他懂不懂文句中的意義。

(1005)get… off…(使……消除……) I can get my mind off ghosts. (我能將鬼從心中消除。)

(1006)NBC，為美國電視台之一的名稱，就像國內的中視、臺視、華視一樣。lying on the bathroom floor 是現在分詞片語，用以形容前面的字 a man，有一個人躺在浴室地上。spitting out of him 也是現在分詞片語，形容 blood（血）。spit（吐），其三變化為：

spit　　spit　　spit　　吐　　　　　　　　　　　　　(1039)

整句的主句是：

There was a man with blood.　　　　　　　　　　　(1040)

　　（有一個人有血。）

什麼樣的人呢？是躺在浴室地上(lying on the bathroom)，什麼樣的血呢？從他口中吐出(spitting out of him)。整句的意思「但是只有週六午夜惡夢的節目，而在 NBC 電視畫面上，有一個人躺在浴室的地上，血從他口中流出來。」

　　(1008)turn off（關掉），與它相反的是(1004)中的 turn on（打開）。just 此處做「只是」解，句意是「整整有一分鐘我只是坐在那裡。」

　　(1010)中的 get up 不當「起床」解，而做「站起來」解；get out 做「取出」解。

　　(1010)scared 是 scare 的過去式和過去分詞，做「驚怕的」解，是形容詞。（過去分詞做形容詞用）

　　(1011)decide（決定），是規則動詞。

　　(1012)full moon　（圓月）；werewolf ['wɝ'wʊlf]　狼人；

snack [snæk]　快餐。

在美國，月圓時，聽說會有狼人出現，非常可怕；而中國的傳統觀念是在月圓時，嫦娥奔月，多麼美好的畫面！而花前月下，又是多麼詩情畫意啊！東西文化，從這些民俗風情可看出其間的差異，那一種比較和諧，那一種比較適合人性呢？各位自己可做最適切的判斷。

(1013)anymore 通常用於否定句，例如：

I don't love her anymore. （我不再愛她了。） (1041)

(1014)noise [nɔɪz] 雜音，聲音。若將 e 去掉加 y，成為形容詞：
noisy ['nɔɪzɪ] 吵雜的 (1042)

(1015)fled 是 flee 的過去式，逃。

flee　　fled　　fled (1043)
hid 是 hide 的過去式，躲藏，請看(988)。句意是「我逃進我的房間，並且躲在罩單下。」

(1016)我的心正在跳，不用 "jump" 一字，而用 "beat"。My heart is beating.

(1018)be about to 就要，正要。我正要尖叫時，我看到我媽媽的臉。

(1019)monster['mɔnstɚ] 怪物, 怪獸。句意：我真高興那不是一個怪獸。

一篇故事（要用過去式寫）經過這樣分析之後，內容與文法結構應可全部掌握，而從相對應的漫畫，也該能夠看圖說故事了。在把握住方法以後，只要肯下工夫，自然可以更上一層樓。各位不妨像講故事一樣，把這篇文章講一遍。雖然它是一位小女孩寫的，但畢竟它是受到肯定，並且獲得第一名的好文章。韓愈師說裡所寫的：「吾師道也，夫庸知其年之先後生於吾乎？」先賢所寫的至理名言，用在今日學英文上，也是恰當的。

最後我們看詩篇(Psalm)第 23 篇中一小段詩句。文句很美, 值得背誦：

The Lord is my shepherd.(1044) I have every thing I need.(1045) He lets me rest in fields of green grass and leads me to quiet pools of fresh water.(1046)

耶和華是我的牧者，我必不至缺乏 (原文字譯：我有我需要的每一樣東西)。他使我躺臥在青草地上，領我在可安歇的水邊。

(1045)句中 I need 是子句，用以形容前面的 every thing,這句本有一關係代名詞 which,

I have every thing(which)I need.   (1047)

其中 which 省掉了。

(1046)中的 let(讓)是不規則動詞,後面跟的動詞要用原形,例如：

Let her come. (讓她來。)   Let him go. (讓他去。) (1048)

He lets me take a walk in the park.   (1049)

(他讓我在公園裡散步。)

She lets him drive her car.   (1050)

(她讓他開她的車。)

rest (休息)，可做名詞或動詞之用。例如：

I take a rest.   (我休息) 此處為名詞。   (1051)

He lets me rest in his room.   (1052)

(他讓我在他的房裡休息。) 此處為動詞。

lead (領導、引領、通往)   (1053)

All roads lead to Rome.   (1054)

(條條道路通羅馬。)

This road leads to my home.   (1055)

(這條路通到我家。)

(1046)句是由兩個對等句用連接詞 "and" 連接起來的，這種句子稱為合句(compound sentence)。若是句中有句，也就是有關係代名詞連接的子句,這種句子稱為複句(complex sentence)。若是句子僅由單單的一句構成，就成了單句(simple sentence)。例如：

I know that he is a lawyer. (1056)

（我知道他是律師。）此句爲複句。

(1048)～(1055)句都是單句。寫文章時，單句、合句、複句靈活應用，文章方才生動。(1046)句中「綠草的原野」不要寫成 green grass fields，英文要用 "of" 一字，同樣的道理，「清水池」不要寫成 fresh water pools,也要用 "of"。兩者分別寫成：

fields of green grass (1057)

pools of fresh water (1058)

我們模仿(1057)與(1058)可寫出：

屋的頂　　the roof of the house (1059)

桌子的腿　　the legs of the table (1060)

書的封面　　the cover of the book (1061)

車的輪子　　the wheels of the car (1062)

中國的地圖　　the map of China (1063)

河岸（河的岸）　　the bank of the river (1064)

樹梢（樹的頭）　　the head of the tree (1065)

等等的片語(名詞片語)，只要知道原則，例子是舉不完的。各位一定會發現，英文是倒過來說的，跟中文不一樣，這又增加了我們一道學習的困難，不過，用久了，就會習慣成自然的。

假設語氣

　　對一般的中國學生而言，學習英文的假設語氣比其它文法規則困難。由於中文的動詞沒有變化，所以在學英文的假設語氣時，會感到不習慣。請先看中文假設語氣的表示法：

　　甲向乙借錢，可是乙沒錢，乙可能說：「對不起，我沒錢。」不過，為了向甲表示誠意，乙或許會補一句：「假如我現在有錢的話，我就會借些給你。」這一句就是假設語氣。乙向甲表示他現在沒錢，所以用假設法來表示現況與事實相反。上面的兩句話寫成英文：

"I am sorry, I have no money." (1066)

"But if I had money, I would lend you some." (1067)

(1067)中的 had, would 都是過去式，表示假設語氣，與現在事實相反。若是用現在式：

But if I have money, I will lend you some. (1068)

那就變成條件句了，(1068)的意思是「我若有錢，我將借些給你。」(1067)與(1068)兩句的語氣是不同的。我們再看以下的例子：

　　「假如我是隻鳥該多好，我就會在天上飛翔。」 (1069)

　　由於中文的「是」字沒有時態的變化，現在式用「是」，過去式還是用「是」，不像英文的 be 動詞，有現在式、過去式和過去分詞之分，例如：

| am,is | was | have（或 has）been | (1070) |
| are | were | have been | (1071) |

英文的 be 動詞會變化，所以在表達上就方便多了。(1069)句的英文是

"If I were a bird, I would fly in the sky." (1072)

明明(1069)句中「假如我是一隻鳥」，本應寫成：

"If I am a bird,"　　　　　　　　　　　　　　　(1073)

或　"If I was a bird,"　　　　　　　　　　　　　(1074)

不過，這樣寫就不是假設語氣了。中文的假設語氣要多加幾個字才行：

「假如我是隻鳥該多好。」這一聽就知道是假設語氣，因為我不可能是隻鳥，所以寫成英文時就該故意寫成：

"If I were a bird"，　　　　　　　　　　　　　(1075)

剛才說過，由於中文的 be 動詞「是」沒有變化，所以要靠一些其他的字來補助「假設」的語氣，例如：該多好，就好了，但願……。

蘇軾的水調歌頭最後一句：

「但願人長久，千里共嬋娟。」

其中「但願」就是假設語氣，因為在現實的世界裡做不到，只有去虛擬了。我們在日常生活談話中，假設語氣用的機會很多。例如：

「假如他是個好人，他就不會偷你的車了。」　　　(1076)

這話一聽便知是假設語氣，與事實相反。事實上，他不是個好人，所以他偷了你的車子。(1076)句的英文應寫成：

"If he were a good man, he would not steal your car."

（假若他真的是個好人，他就不會偷你的車子。）　(1077)

這句話的真正含意是：他不是個好人，所以偷了你的車子。

一個學生成績優異，卻沒有得到獎勵，很是納悶，一位女同學安慰他說：

"If I were the teacher, I would give you a prize."　(1078)

（我若是老師，我就會給你一個獎品。）事實上，她並非老師，所以無法給獎品，是假設語氣，純屬虛構。

某人常向人炫耀他富有，但自己却住在貧民窟，於是有人在他背後向別人說：

"If he were rich, he would not live in the slum." (1079)

（假若他真是有錢的話，他就不會住在貧民窟。）事實上，他沒錢，所以住在貧民窟。

一個被洪水困在沙洲的人，一定會幻想自己是隻鳥，於是他便想像：

"I wish I were a bird." (1080)

（我但願是隻鳥。）其實，自己不是鳥。

一個人在草地上，常被螞蟻咬得又痛又癢，就像筆者在草地上練外丹功時，常常被螞蟻「襲擊」一樣，於是經常會無可奈何的空想：

"If only there were no ants on the earth！" (1081)

（地球上若是沒有螞蟻該多好啊！）事實上，螞蟻是不可能從地球上消失的。

甲說話的時候裝腔作勢，擺出一副古代國王的架子，乙看不順眼，於是向丙說：

"He talks as if he were a king." (1082)

（他說起話來，好像他是國王似的。）其實，他根本就不是國王，所以要用假設語氣。這時不能寫成 He talks as if he is a king.

夫妻逛街，太太看到一枚昂貴的戒指，很想買，但是身邊的錢不夠，只有望戒指興歎，於是對著先生說：

"If I had enough money, I would buy this ring." (1083)

（若是我身邊有足夠的錢，我就會買這枚戒指。）這句是與現在事實相反的虛擬句。

一個人想要幫助別人，但苦於沒有時間，力不從心，他便說：

"If I had enough time, I would help him." (1084)

（假若我有足夠的時間，我就會幫助他。）

這句話相當於：

I do not have enough time, so I can not help him. (1085)

在這個世界上，有很多事事物物是可遇而不可求的，人類為了填補心靈上的空虛，滿足其不可能但渴求其成為可能的幻想，所以除了據實記載已成過去的事實而為歷史之外，還會善用想像力，虛構一些綺麗如幻似夢的故事；攝影師的相機所拍攝的，實地寫生者所描繪的，或可顯露實景的「真相」，但是畫家筆下所勾勒出來的或許是只應天上有的景色，有些畫甚至全屬虛構，要用灑脫的心境才能探觸那畫中飄渺的意境。

歷史是已成過去的人、事、地、物在時間軸上所留下的事蹟記載，它被時間所限，不容更改，也不容創造；但是故事卻可以超越時間，憑空虛擬，它是不受時間限制的。照片或寫實畫是天地間的景物在二度空間的平面上所留下的痕跡，它被空間所限，不容變換，也不容改觀；但是虛構的圖畫卻可超越空間，無中生有，它是不受空間限制的。

在我們有生之年的歲月中，身體雖然必須活在這有形的現實天地間，但是心靈卻可閒雲野鶴般的悠遊於不受時空限制的仙境裡。虛無飄渺的構思常能引起他人心弦的共鳴。

基於人類具有虛擬想像的本性，所以在言談中，也常常用到虛擬句（假設語氣）。現在我們又回到英文的假設語氣課題來。有與現在事實相反的虛擬句，也有與過去事實相反的虛擬句，但是沒有與未來事實相反的虛擬句，因為未來尚未成事實故也。以(1083)為例說明，若與現在事實相反，則用過去式 had 與 would；但若是與過去事實相反，該用什麼式呢？那就要更上一級，用過去完成式了，請看：

If I had had enough money, I would have bought this ring.

(1086)

(我那時若身邊已經有足夠的錢，我就已經把這枚戒指買下來了。)

爲了比較方便起見，將(1083)句重新寫在這裡：

If I had enough money, I would buy this ring.

與過去事實相反的虛擬句要用過去完成式，這是很重要的文法規則。

現在我們把(1084)句寫成與過去事實相反的虛擬句：

If I had had enough time, I would have helped him.

(1087)

(我那時若是有足夠的時間，我就已經幫他了。)同樣的方法，我們可以舉一反三，把(1077)改成：

If he had been a good man, he would not have stolen your car. (1088)

(假若那時他是好人，他就不會把你的車偷走了。)

(1078)也可改成與過去事實相反的句子：

If I had been the teacher, I would have given you a prize.

(1089)

(假若我那時是老師，我就已經給你獎品了。)

當然虛擬句的形式是寫不完的，但只要把握重點，就能隨機應變，寫出正確的句子來。

虛擬句旣然是與事實相反的寫法，所以它也可以用來表達請求的意願，現在以叫別人爲我們開門爲例子，看有幾種表達的方式：

古時的富人要僕人開門，他會毫不客氣的說：

"Open the door！" （開門！） (1090)

現代人比上面說的那個富人稍客氣些：

"Will you open the door for me？" （幫我開門好嗎？）

(1091)

由於要求別人做事是自己的願望，「但願」別人能答應，所以比較客氣的
說法是用虛擬句的形式：

    "Would you open the door for me？"   (1092)

    （可否爲我開門？）

用 would 比用 will 客氣多了，因爲 would 是虛擬的形式，有「但願」
的期盼，不敢奢求別人爲我們做事，別人若答應了我們的請求，爲我們
開了門，使我們期求的「心願」成爲事實，心中會感到非常舒坦，所以
請人幫忙做事，口氣很重要，否則，像「喂！把門打開！」這樣的要求
方法，別人即使爲我們開了門，心裡却是老大的不高興。

    當然，更客氣的說法是把(1092)句中多補一個請(please)字：

    "Would you please open the door for me？"   (1093)

    （可否請您爲我開門呢？）

還有一種很客氣而又希望別人接受自己要求的說法是用

    mind [maɪnd]　反對 [註]   (1094)

一字：

    "Would you mind opening the door？"   (1095)

    （您介意把門打開嗎？）

注意 mind 後面的動詞要加"ing"，也就是 mind 後面跟的若是動詞，
則必須用動名詞，這是文法規則。請參看(914)。

[註] mind 一字有很多解釋，請參看(1005)。

幾首動聽的英文歌曲

以前曾經說過，歌唱是學習語言的最好方法之一。各位一定有一種經驗，文章裡的詞句有時容易忘記，但是歌曲裡的詞句卻歷久不忘。有時要唸出一首歌的歌詞，唸到某一段忘了，但是一唱，又接下去了。這是因為用唱的方式記詞句的時候，腦中的記憶會多了一個連繫的管道，而腦記東西，就是要各個環節相扣，才比較容易記得牢。若要記的東西都能「交鏈」(link)在一起，就不容易忘記了。例如突然遇到一個十多年不見的老友，可能一下子記不起他的名字，但他的綽號 (可能是瘦皮猴、或肥仔……) 卻順口可叫出來。這是由於綽號可能跟他的長相或他特殊的「事蹟」有關連，所以很容易聯想起來。

英文也要用「交鏈」的方式去讀，才不容易忘記。前面曾為各位介紹了幾首美妙的中文歌的歌詞，現在介紹幾首很少為一般人知道但卻意境深遠的英文歌的歌詞，請先欣賞其中美麗的詞句：

When I'm in worry.	(1096)

When I'm in worry, and I can't sleep.　　　　　　　(1097)

I count my blessings instead of sheep.　　　　　　(1098)

And I fall asleep, counting my blessings.　　　　　(1099)

歌詞大意是「當我在憂慮時，無法入眠。我就數高興的事而不算羊，數著數著，我就睡著了。」雖然短短數語，卻很有寓意。有的人在無法入眠時，就拼命數羊圈的小羊，一頭、兩頭、……，等快數到一千頭羊，而即將進入夢鄉時，突然所有進到羊圈裡的羊都齊聲大叫，又把失眠人吵醒。這是卡通影片頑皮豹裡的畫面，非常有趣。fall asleep (睡著了)，(1098)中的 instead of 用法請參看(990)。(1099) counting my blessings 是分詞片語，用以形容主句中的 I。接著請看另一首：

When Your Hair Has Turned to Silver (1100)

When your hair has turned to silver, (1101)

I will love you just the same. (1102)

I will only call you sweetheart. (1103)

That'll always be your name. (1104)

Through the garden filled with roses,

down the sunset trail we'll stray. (1105)

When your hair has turned to silver,

I will love you just the same.

（當妳的頭髮變白時，我仍然一樣的愛妳。我會只把妳叫成甜心，那將永遠是妳的名字。穿過充滿了玫瑰的花園，走過夕陽西下的小徑。當妳的頭髮變白時，我還是一樣的愛妳。）

歌詞中最富詩情畫意的一句當為(1105)，其中 filled with roses 是過去分詞片語，做形容 the garden 之用。這句是倒裝句，原句為：

We'll stray through the garden filled with roses, we'll stray down the sunset trail.

we'll＝we will

that'll＝that will

trail [trel] 小路 (1106)

stray [stre] 徘徊 (1107)

對心愛的人稱 sweetheart（甜心），和中國人稱心肝寶貝很相近，用「心」表達愛意，中外皆然。只是老外夫妻彼此叫得太親熱，常被不懂英文的中國老太太誤解，而大歎陰陽不明、男女不分，因為她聽到老外先生叫太太為「爹」(dear)，而太太叫先生為「大娘」(darling)。請各位自己查字典，看 dear 和 darling 是什麼意思。原來 dear 音似中文的「爹」，而 darling 似「大娘」。

以下一首歌是一位少女在雨天，獨坐窗旁，看著打在玻璃窗上的雨滴，一滴一滴的滑下去，又一滴一滴打上來，若有所悟，於是寫出這首歌來，惜無歌名，姑名之為：

Joy is like the Rain (1108)

1. I saw raindrops on my window.

   Joy is like the rain.

   Laughter runs across my pain,

   Slips away and comes again.

   Joy is like the rain.

2. I saw raindrops on the river.

   Joy is like the rain.

   Bit by bit the river grows,

   Till at once it overflows.

   Joy is like the rain.

3. I saw cloud upon the mountain.

   Joy is like a cloud.

   Sometimes silver sometimes grey,

   always sun not far away.

   Joy is like a cloud.

4. I saw Christ in wind and thunder.

   Joy is tried by storm.

   Christ asleep within my boat,

   whipped by wind jet stillafloat.

Joy is tried by storm. 〔註〕

第1段：我看到雨滴打在我的窗上，歡樂像雨水。歡笑打過我的痛苦，滑走了又來了，歡樂像雨水。其中有兩個同音異義字：

pain〔pen〕 痛苦 (1109)

pane〔pen〕 玻璃板（即窗戶上之玻璃板） (1110)

歌詞中說歡樂(joy)像雨水。歡笑(laughter)打過我的痛苦(pain)，正如同雨滴打過玻璃板(pane)，pain 與 pane 的發音相同，當我們唱到 Laughter runs across my pain (pane)時，想成 pain 或 pane，就由自己去體會了。

第2段含義是：歡樂像雨水，而心如同河流(river)，雨水一點一滴(bit by bit)落到河中，如同點點的歡樂滴到心中，一直到河水溢流(overflow)出來，這象徵著心中充滿了歡樂而滿溢出來一樣。

第3段大意是：我看到雲在山上，歡樂像雲彩，雖然有時銀白色(表示歡喜)，有時灰暗(表示悲愁)，但是太陽總是在不遠處。引申的涵意是無論歡愉也好，悲傷也好，「希望」總是離我們不遠的。

第4段描述在狂風雷電中，我看到基督(Christ)。歡樂被暴風雨試探。基督安祥的睡在我的船上，強風吹襲，船却依然漂浮。歡樂被暴風雨試探。(請再看〔註〕)

還有一首百唱不膩，也百聽不膩的歌是一首老歌。說來奇怪，老歌比較動聽，也許是酒越陳越香的緣故吧。這首歌是：

〔註〕這首歌是以前臺南市聖功女中一位修女教的，筆者大學畢業後曾在那裡兼過課。該校位於臺南郊區，環境優美，這四段歌詞，由那位修女(真抱歉忘了她的名字。)輕輕唱出，別有一番意境，令人感懷。尤其是在雨天，獨坐窗前，用吉他彈奏這首曲子，口中輕輕哼著歌詞，更是別有一番滋味。

River Road   (1111)

River Road, River Road, winding to the sea.   (1112)

That's the road leading home where I long to be.   (1113)

Long to see folks I knew, friends of long ago.   (1114)

Long to sit by my door in the sunset glow.   (1115)

River Road, River Road, winding to the sea.   (1116)

Load the way take me home where I long to be,

where I long to be.   (1117)

(1112)句中的 winding 是由 wind 加 ing 而來, wind 當名詞時是風,

讀音 [wɪnd] (請參看(285))。但當動詞用時, 注意發音, 它的意思是：

    wind [waɪnd]   蜿蜒   (1118)

winding to the sea   蜿蜒到海邊, 是現在分詞片語, 用以形容 River
Road.

(1113)的 lead 是不規則動詞, 請看字典。

    lead [lid]   通往   (1119)

leading home 通往家的, 又是現在分詞片語, 形容 the road,

    long to   渴望   (1120)

例如 I long to see her.   （我渴望看到她。）   (1121)

    I long to be a teacher.   （我渴望成為老師）   (1122)

(1113)句中的 where I long to be 是用以形容 home, 整句的意思是
「那是一條通往我所渴望回到家的道路。」

    (1117)句中的 load 可做名詞與動詞解：

load [lod]   n.負載 ; v.裝載

He loads the truck with wood.   (1123)

（他把木材裝在車上。）

He loads the gun.　　（他把子彈裝進槍裡。）　　　　　　　　　(1124)

現在(1117)中有一句 load the way，意思是準備好行裝，準備上路。

　　這位編歌的人必定是一位久別家鄉的遊子，思家心切，渴望看到離別已久的親人朋友；渴望在夕陽的餘暉裡，坐在門邊，就像往日一樣，……，尤其是最後一句話令人發思古之幽情。回憶昔日隻身赴美唸書，遠離家庭，常感孤單寂寞，有一天夜裡，聽到這首歌，想起遙遠的家人，不禁悲從中來，熱淚盈眶。原來這首歌的中文翻譯曲就是「念故鄉」。這裡的英文歌詞只是第一段，比較精彩，其餘的未錄，各位若有興趣，不妨自己去尋找。

從謎語中學英文

　　由於文字結構以及文句語法的差異，英文謎語和中文謎語也有顯著的不同。例如中文謎題：「我的耳朵長，我姓王，今年十四歲，一心想進學堂。」打一字。謎底是「聽」。

　　現在看一些英文謎語，謎題與謎底如下： 〔註1〕

1. Why is the letter T like an island ?　　　　　　　　　(1125)
　　（為什麼字母 T 像一個島？）

Because it is in the midst of water.　　　　　　　　(1126)
　　（因為它在水的中央。）water 一字中間的一個字母正是 T。

2. Why is the letter D like a bad boy ?　　　　　　　　(1127)
　　（為什麼字母 D 像一個壞男孩？）

Because it makes ma mad.　　　　　　　　　　　(1128)
　　（因為 D 使媽氣得發狂。）

　　　ma：媽，mad：發狂，字母 d 使 ma 變成 mad！
　　（d 加到 ma 的後面就成了 mad。）

3. Why is a false friend like the letter P ?　　　　　　　(1129)
　　（為什麼偽友像字母 P？）

Because he is the first in pity but the last in help.　(1130)
　　（因為論「憐憫」（pity），他居前（pity 的第一個字母是 P。）；但論「幫忙」（help），他落到最後（help 最後一個字母也是 P。））

〔註1〕外國的謎題不易猜。讀者可參考（*Ingenious English*）《益智英文》，毛建漢、毛齊武編著。裡面有很多謎語。

4. What four letters of the alphabet would scare off a
   burglar ? (1131)

   （字母中那四個字母能將一個夜賊嚇走？）

   O, ICU。（此四個字母與 Oh ! I see you. 唸音相同。）在黑暗中，夜
   賊最怕被人發現。（請參看（1））

5. Why should men avoid the letter A ? (1132)

   （爲什麼男人們要避免字母 A？）

   Because it makes men mean. (1133)

   （因爲它使男人們卑鄙。（a 加到 men 中，就使 men 變成 mean
   了。））

6. Why should ladies who wish to remain slender avoid the
   letter C ? (1134)

   （爲什麼想保持苗條的女士們要避免字母 C？）

   Because it makes fat a fact. (1135)

   （因爲字母 C 使肥胖成爲事實。（C 加到 fat 中，就使 fat 變成愛
   fact 了。））

   第 2、5、6 屬同一類謎題，make [mek] 的解釋很多，此處爲「使
   ……成爲……」，例如：

   She makes me cry.　（她使我哭。） (1136)

   I make him a king.　（我使他成爲國王。） (1137)

   He makes her sad.　（他使她難過。） (1138)

   (1136)～(1138) 中的 make 是及物動詞，所以後面接受格。而此時受詞
   後面接的 cry, a king, sad 稱爲受詞的補語，若是沒有補語，則句子就
   不完整，試看：

   She makes me... （她使我……），使我如何呢？要補一個補語才

行, 各位很清楚可以看出來, 動詞、名詞、形容詞都可做爲補語。這種需要補語才能表示完整意思的及物動詞稱爲不完全及物動詞, 這又是文法上的術語。各位從句子中逐漸去體會文法的眞義, 如此學得才踏實。

接下來, 我們繼續來猜謎:

7. Why is a river rich? （河流爲何富有？） (1139)
Because it always has two banks. （因爲它總擁有兩間銀行。

（bank 亦做「河岸」解, 每條河都有兩個河岸。））

8. What is worse〔註2〕than finding a worm in an apple?
（什麼比在蘋果裡發現一條蟲更糟？） (1140)

Finding half a worm.
（發現半條蟲。（因爲當發現半條時, 另一半可能已下肚了。））

〔註2〕〔註3〕請參看(699)與(702)之間 bad 一字的三級形式, 即
bad　worse　worst。

9. What is the worst [註3] weather for rats and mice？ (1141)

　　(對老鼠而言，最糟的天氣是什麼？)

　　When it rains cats and dogs.　(傾盆大雨。)　　　(1142)

　　(照字譯爲下貓下狗。這是一句常用的成語。)

10. Which can more faster, heat or cold？　　　　　(1143)

　　(熱和冷，何者動得比較快？)

　　Heat, because you can catch cold.　　　　　(1144)

　　(熱動得比較快，因爲你能捉住冷。)

　　("catch cold"：感冒，照字譯爲捉到冷。未聞有人 catch heat 者。

　　　He catches cold.　他感冒了。)

11. When is a door not a door？　　　　　　(1145)

　　(什麼時候門不是門？)

　　When it is a jar (ajar.)　(當它是一個大口瓶時。)　(1146)

　　(半開的。(ajar 作「半開的」解，jar：大口瓶，ajar 與 a jar 音

　　同。The door is ajar.　門是半開的。)) [註4]

12. When a lady faints, what number will restore her？ (1147)

　　(當女士暈倒時，什麼數目能使她甦醒？)

　　You must bring her 2.　(你必須帶給她 2。)　　(1148)

　　to bring to 是片語，其意義爲甦醒，bring her to 就是使她甦醒。

　　(two 與 to 讀音相近。)

　　I bring her to.　(我使她甦醒。)　　　　　(1149)

13. How can it be proved that a horse has six legs？　(1150)

　　(如何能證明馬有六條腿？)

〔註4〕請查 abed, alike, ahead 等字。

Because it has forelegs (four legs) in front and two legs behind.

（因爲牠前面有前腿（四條腿）而後面有兩條腿。（forelegs：前腿，與 four legs 同音。））

14. What is the longest word in the English language？ (1151)

（英文裡最長的字是什麼？）

Smiles, because there is a mile between its first and last letter.

（微笑，因爲在第一個與最後一個字母之間有一哩。（請看 smiles 一字，頭尾兩個 s 之間有一個 mile。）） (1152)

15. Where can everyone always find money when he looks for it？　（當每個人尋找錢時，總能在何處找到？） (1153)

In the dictionary.　（在字典裡。）

（look for 尋找，請參看(919)。）

16. Who are the best book keepers？ (1154)

（誰是最好的書本保管者？）

The people who never return the books you lend them.

（那些向你借書從不歸還的人。） (1155)

（who never return the books 爲形容詞子句，用以形容 the people，此處 who 是關係代名詞。you lend them 也是形容詞子句，用以形容 the books。借了別人的書而不還，據爲己有，豈不是最好的書本保管者嗎？通常把東西給別人，可跟對方說："You can keep it." 意思是說："You can have it."而不說："I give it to you.")

　　各位是否留意以上十六個謎題是用以下七個疑問詞起頭的？也就是六個 W 加上一個 H，即 what，why，who，when，which 和 where，

每個字都是 W 起頭, 另一個是 how, 是 h 起頭, 分別寫在下面:

(1) what [hwɑt]　　什麼

(2) why [hwaɪ]　　爲什麼

(3) who [hu]　　誰

(4) when [hwɛn]　　何時

(5) which [hwɪtʃ]　　何者

(6) where [hwɛr]　　何處

(7) how [haʊ]　　如何

我們在日常生活中, 與人交談, 有問有答, 而問句常常用到的詞不外上面所寫的七個, 我們寫幾個句子看看:

Who is the most beautiful girl in the world ?　　(1156)
(誰是世界上最美麗的女孩子?)

When do you get up in the morning ?　　(1157)
(你早晨何時起床?)

What is the hardest material on earth ?　　(1158)
(地球上最硬的材料是什麼?)

Why do you go abroad ?　　(你爲何出國?)　　(1159)

Where are you from ?　　(你從何處來?)　　(1160)

Which is longer, London Bridge or Golden Gate
Bridge ?　　(何者較長, 倫敦橋或金門大橋?)　　(1161)

How do you learn English ?　　(你如何學英文?)　　(1162)

我們繼續看更精彩的謎語:

17. If a well-known animal you behead, another one you will
have instead.　　(1163)

（把一個大家都知道的動物的頭斬斷，你會得到另一種動物。）

請猜一動物。

Fox 狐狸（將 Fox 的頭（即第一個字母 F）斬斷，得 ox，公牛。）

中文的說明是將狐狸(fox)頭去掉，牠就變成了公牛(ox)。

18. My first is with bee.

　　My second rules the sea.

　　My whole I would spend with thee.　　　　　　　　(1164)

　　（我的第一部分與蜜蜂同在。

　　　我的第二部分支配海洋。

　　　我的整體我將與你共渡。）請猜一字。

Honeymoon　蜜月

honey 是蜂蜜。能支配海洋，能使海水漲退的是月亮(moon)。

honey＋moon＝honeymoon。thee 是受格 you 的古體字，因求
押韻（[i] 音），所以不用 you，而用 thee。

19. Can you make the following sense：　　　　　　　　(1165)

　　（你能使下面排列的字有意義嗎？）

　　　　　　stand　　　take　　　to　　　world
　　　　　　　I　　　　you　　　throw　　　the

謎底是：

I understand you undertake to overthrow the underworld.

（我知道你承擔起推翻下流社會的責任。）　　　　　　(1166)

I 寫在 stand 之下，故為 I understand；to 放在 throw 上，故為
to overthrow；其餘類推。

20. Two Indians are standing on a hill, and one is the father
of the other's son.　What relation are the two Indians to

each other?   (1167)

（兩個印第安人站在山丘上，其中一個是另一個的兒子之父親。這兩個印第安人彼此之間的關係是什麼？）請暫不看謎底，先猜猜看。

這是一道邏輯推理問題，答案令人拍案，是：

Husband and wife   （夫妻）

沒有錯，丈夫是太太的兒子的父親。若是各位沒猜對，不服輸，請再猜下面一題：

21. It wasn't my brother nor my sister.

But still was the child of my father and mother. Who was it?   (1168)

那不是我的兄弟，亦非我的姊妹。

但仍然是我父母的子女。那是誰？

謎底是 [註5]。（請暫時不看底下的 [註5]，先猜猜看。）

22. Abraham Lincoln was asked how long a man's legs should be to be the most serviceable.

What was his answer?   (1169)

有人問林肯，人的雙腿該多長才最合用，他如何作答？

這是個機智問答題，由於林肯的腿很長，所以有人故意出這道難題問他。各位知道林肯是絕頂聰明的美國總統，他不會以一定的數據作答，請看他的妙答：

Long enough to reach the ground.   (1170)

（長足以及地就好了。）

〔註5〕 myself   我自己

從名言佳句中學英文

　　學會或背會很多名言佳句，對提升英文的水平有莫大的幫助。我們並不絕對鼓勵各位在寫文章或談話中，硬把這些名言佳句一字不改的引進來，不過，我們希望各位熟讀了這些句子之後，能靈活運用，或借用其文法結構，或更換其中的詞句，使成為自己的句子，表示自己的意思。以下為各位介紹的是若干很有哲理也很令人回味的名言佳句：

1. Knowledge is knowing a fact. Wisdom is knowing what to do with that fact.　　　　　　　　　　　　　　　(1171)

　（知識是知道事實。智慧是知道如何去利用事實。）

　句中的 Knowing 是 know 的動名詞，做為主詞的補語用。

2. We forget what we ought to remember and remember what we ought to forget.　　　　　　　　　　　　(1172)

　（我們把該記的給忘了，而把該忘的記住了。

　或：我們忘了所該記的，而記住所該忘的。）

　ought to 是「應該」的意思。例如 You ought to obey your parents.　　　　　　　　　　　　　　　　　(1173)

　（你該遵從你的父母。）

　what 在句中不做「什麼」解，從下例中可體會出它的意義：

　Do you understand what I say ?　　　　　　　　　(1174)

　（你了解我所說的（話）嗎？）

　I do not understand what he does.　　　　　　　(1175)

　（我不知道他所做的（事）。）

3. All of one's life is music ― if we touch the notes right

and in tune. (1176)

（人生的一切如同音樂——假如我們按對了調子。並且使音調和諧。）

touch：接觸, note：調子。touch the notes：按調子, 例如按琴鍵。touch the notes right：按對了調子。in tune：和諧。在生活中, 說話或做事若能得體；與人相處和諧, 對物能善加利用, 人生將會像音樂般的美好。這句話跟 Life is art.（生活是藝術。）有異曲同工之妙。事實上, 我們中國所追求的最終目標是世界大同, 而「大同世界」的英文翻譯是：

The World of Great Harmony

就是「偉大的和諧世界」, 只要人與人, 人與物, 事事和諧, 世界就可進於大同了。

4. Troubles are like babies. —— They only grow if you nurse them. (1177)

（煩惱像嬰兒。——他們只是在你撫育他們時才會成長。）

5. Minds are like parachutes, they only function when they are open. (1178)

（心如降落傘, 只是在張開時才發揮作用。）

6. The love you give away is the love you keep.

（你所付出的愛, 就是你所保有的愛。） (1179)

7. What is hard, isn't fun. What is fun, isn't hard. (1180)

（凡是艱難的事, 就沒有樂趣。凡是有樂趣的事, 就不困難。）

8. Some minds are like concrete —— mixed and set. (1181)

（有些心如混凝土 —— 混雜而頑凝不化。

9. An optimist sees an opportunity in every calamity. A

pessimist sees a calamity in every opportunity.　　(1182)

（樂觀者在每次災難中看到機會。悲觀者在每個機會中看到災難。）

10. God gave us memories so that we may have roses in December.　　(1183)

（上帝給我們記憶，因此我們在十二月還會有玫瑰花。）

11. Coming together is a beginning. Keeping together is process. Working together is success.　　(1184)

（來在一起是開始。聚在一起是進展。工作在一起是成功。）

12. Houses are built of bricks and stone, but homes are made of love alone.　　(1185)

（房子是由磚頭石塊建造的，但是家卻只是由愛築成的。）

我的家應說成 my home 不可說成 my house, house 是有形的房屋，而 home 是無形的。

13. Will a person gain anything if he wins the whole world but loses his life?　　(1186)

（一個人若是贏得了全世界卻賠上了生命，又能得到什麼呢？）

14. I had no shoes and complained until I met a man who had no feet. [註]　　(1187)

（我常抱怨沒有鞋子穿，直到我遇到一個人，他沒有雙腳。）

15. Where there is a will, there is a way.　　(1188)

（有志者事竟成。）

照字面上的意義是：有意志(will)的地方，就會有一條路(way)。

與這句名言相似的還有一句：

[註] 請看附錄三，讀熟英文佳句，也可用在國文的作文上，真是一舉兩得。

16. Where there is life,there is hope. (1189)

(留得青山在，不怕沒柴燒。)

有生命的地方，就有希望。意思是只要有生命，雖然一時挫敗了，還有機會東山再起。

17. Never put off till tomorrow what you can do today.

(今日事今日畢。) (1190)

put off：拖延，延期。此句的字譯：

絕不把你今天所能做的(what you can do today)拖延到明天。

18. Think well, speek well ,do well. (1191)

(想得正，說得正，做得正。)

well：好。是副詞，用以形容動詞。請參看(568)。

19. Throw out a minnow to catch a whale. (1192)

(拋磚引玉。)

throw：投，擲。throw out：投出。

minnow：鰷魚。whale：鯨魚。

字譯：投出一條小鰷魚，捕捉一隻鯨魚。

20. No pains, no gains. (1193)

(不入虎穴，焉得虎子。)

字譯：沒有痛苦(pain)，就沒有獲得(gain)。 pain 與 gain 尾音是押韻的，很容易記憶。

21. Early to bed, early to rise, makes a man wealthy, healthy and wise. (1194)

(早睡，早起，使人富有、健康並且聰明。)

make 的用法，可參看(1136)～(1138)。

掌握變化之道

天地間的萬事萬物，時時都在變化(change)，自然界的一切是如此，人造的（人爲的）一切也是一樣。中國自古就有一本偉大的經典之作，它代表中華民族智慧的結晶，也象徵中華民族智慧的光芒，它就是絕大多數中國人都聽過，但却是極少數中國人眞正研讀過的易經。易經一書的英文名字是什麼？把易經譯成了 I Ching 讀音 [I tʃŋ] 那眞有點像爲一個天生麗質的少女取了一個極不配稱的名字一樣，太可惜了。易經眞正名符其實的英文譯名是：

The Book of Change   (1195)

上面提過的變化就是"change"，所以易經是談論宇宙萬象「變化」的一門學問。遺憾的是我們中國人大部分不懂這部講「變化」大道理的傑作。小學生不用說，連聽都沒聽過；初中生，忙著高中聯考，那有時間去看？高中生，又是另一關擠大學窄門的拼鬥，聯考又不會出題，讀它作啥？大學生，快快讀畢業，又忙著預官考試，研究所入學考；或 GRE、托福，準備出國去也。一個中國人，什麼時候才有機會見這古人留下的「寶藏」一面？

「凡事要從根做起」，只要能掌握會變的道理，一切就都能應付裕如了。英文只是人文科學中的一個小分枝而已，要想把它學好，也要追求「變」的道理，而這些變的道理又何須他求呢？

任何一門課程，只要摸索到其中的訣竅，善於應變，必定能把它唸好。英文的文章是一句一句構成的，每一句一定有個頭，就是主詞，然後找出動詞，當然有時是 be 動詞，動詞若找出來了，就要看是否有受詞，或補語。不及物動詞是不會有受詞的。主幹找到之後，就要看修飾詞了，形容詞可用以修飾名詞，當然形容詞不只是一個單字而已。一個片語或一個子句也可用來做形容詞之用。動詞也可能須加以修飾，那須用副詞，這些關係弄清後，再看介系詞及連接詞。感歎詞較少用，不必太費神。

現在我們再看一些句子，先看單字做形容詞：

The interesting book belongs to a diligent student. (1196)

（這本有趣的書屬於一個勤勉的學生）

to belong to　屬於 (1197)

This house belongs to me. (1198)

（這房屋屬於我。）

The book on the shelf belongs to a diligent student in this school. (1199)

on the shelf　在書架上。（介系詞起頭的片語）

in this school　在這間學校。（同上，用以形容 student）

現在用分詞來形容名詞：

The book bought in this department store belongs to the student sitting by the door. (1200)

（在這個百貨公司買的這本書屬於這個坐在門邊的學生。）

其中 bought in this department store 形容 book，sitting by the door 形容 student，一個是由過去分詞帶頭的子句，一個是由現在分詞帶頭的子句。

若用子句來形容名詞，可寫成：

The book which was bought yesterday belongs to a student who studies very hard. (1201)

（昨天買的這本書屬於一個讀書很用功的學生。）

which was bought yesterday 和 who studies very hard 都 是 子

句，由關係代名詞帶頭(一個是 which，一個是 who)，做爲形容之用。

我們來看一句中文：

這位從日本來的<u>人</u>是位<u>歌手</u>，會唱很多中國歌。 (1202)

這麼長一句，如何翻成英文？請先找頭(主詞)，是「人」(man)，然後動詞在那裡？原來是「是」(is)，所以一定有一個補語，就是「歌手」(singer)，我們把它們用底線畫出來。其它的都是做形容用的，到底要用介系詞片語、分詞片語、或子句來做形容，就是看自己決定了，所以(1202)可寫成：

The man <u>from Japan</u> is a singer <u>who can sing</u>

<u>many Chinese songs</u>. (1203)

The man <u>coming from Japan</u> is a singer who

can sing many Chinese songs. (1204)

The man <u>who comes from Japan</u> is a singer who

can sing many Chinese songs. (1205)

其中 The man 在(1203)中是用介系詞片語去形容的；在(1204)中是用分詞片語；在(1205)中是用子句。可看得清清楚楚。

再看一句中文：

努力工作的<u>學生</u>能<u>贏得</u>這用金做的<u>盤子</u>。 (1206)

像上面的句子一樣，當然要先把主幹掌握住，標示底線的字就是句中的主要的字，可以這樣寫：

The student <u>working hard</u> can win the plate

<u>made of gold</u>. (1207)

The student <u>who works hard</u> can win the plate

<u>which is made of gold</u>. (1208)

上面兩種寫法各位已經習慣了，現在用最簡單的單字來表示：

The <u>hard-working</u> student can win the <u>golden</u> plate.

(1209)

所以同樣一個句子可有不同的譯法，這就是「變」，俗語說得好：「戲法人人會變，各有巧妙不同。」同樣，句子也有各種不同的句型。寫文章，最忌用同一句型，沒有變化，會使人看了乏味。要會變，而且經常變。

我們先看下面幾句英文，然後看如何濃縮成一個句子：

A group of Chinese children and their parents visit America. (1210)

They have found truth in the Chinese saying. (1211)

One learns more by the first way than by the second way. (1212)

The first way is walking a thousand miles. (1213)

The second way is reading a thousand books. (1214)

中文的譯文是：

一群中國的小孩和他們的父母訪問美國。

他們已經發現一句中國名言的真諦。

用第一種方法學的比用第二種方法學的更多。

第一種方法是行千哩路。

第二種方法是讀千本書。

A group of Chinese children and their parents <u>visiting</u> America have found truth in the Chinese saying <u>that</u> one learns more by walking a thousand miles than by reading a thousand books. [註]

(1215)

〔註〕該文句摘自 1989 年 7 月 13 日，星期四 *The Florida Times-Union* 地方報中 Section B 的頭條新聞中第一段，下面另有一段。

(1215)的中文譯文：一群訪問美國的中國小孩和他們的父母已經發現一句中國名言的眞諦，那就是「行萬里路勝讀萬卷書。」這一整句比上面幾句拉拉雜雜好多了。

用一個現在分詞片語 visiting America 形容一群中國孩子和他們的父母，用關係代名詞"that"形容 the Chinese saying, "by"是「用」、「藉」，是介系詞，後面要接受格，所以要用動名詞。

接下去，我們再看幾句：

One mother visited the elementary school. (1216)

She said she would use some of the school's
practices in the Taiwan kindergarten. (1217)

（她說她將把這學校的若干實務用到臺灣的幼稚園。）

She is the head-mistress of the kindergarten.

（她是幼稚園的園長。） (1218)

現在將(1216)～(1218)三句濃縮成一句：

One mother visited the elementary school <u>and</u> said she would use some of the school's practices in the Taiwan kindergarten <u>where</u> she is the head-mistress。 (1219)

一位媽媽訪問小學，並且說她將把這學校的若干實務用到她任園長的臺灣一間幼稚園。

用了一個連接詞"and"和一個關係代名詞"where"之後，三個單獨的句子就連成一個很緊湊的句子(1219)來。

各位仔細研究，必可領會到其中的變化之道。我們暫時告一段落，若有機會，還會再介紹一些更深一層的英文句子和文章，祝各位學習順利。

附錄一　　優美的文字出自優秀的民族

如果說國字是世界上最優美的文字，一點兒也不爲過。因爲國字獨具引人入勝的象形特徵，所以看起來像畫一樣，非其他國家文字可與媲美。

就字體本身安排的形態而言，外國文字是一維（一度空間）的形式，國字却具有二維（二度空間）的形態。因爲外國文字是把字母順著一個方向安排，通常是由左向右，也有的是由右向左，例如阿拉伯文就是這一類型，所以外國文字只是一連串符號的組合，像螃蟹橫行一樣。國字却不然，它是由橫、豎、點、鈎、彎、撇、捺等基本筆畫在橫向與縱向的二度空間裏做巧妙的排列而成的，這就有點兒像圖畫了。例如國字的「林」看起來就像一棵棵的樹木，而「林」的英文是「WOODS」，看去甚麼都不像，只是幾個符號罷了。

古人說：「書與畫同出，畫取形，書取象；畫取多，書取少；凡象形者皆可畫也，不可畫則無其書矣。」所以國字大都出於象形，因此，國字如畫。早期的國字，都是篆書。篆書爲了象形，大都用圓弧曲線，例如「日」字的篆書用圓曲之筆，雖然易於象形，但是書寫較難，爲方便起見，才把篆書的圓曲之筆改爲方直之筆，這就演變成了隸書的「日」。隸書開始於秦朝，就是秦隸。到了東漢，發展成爲有挑法的漢隸。到了晉朝，又發展成現在習用的楷書，通用到今天，已經約有一千七百年的歷史。

國字象形的例子很多，就像耳、目、口、山、水、火等字都是從圖畫轉變而成的。太陽從古到今都呈圓形，所以畫它的全形，月亮因缺時多而圓時少，所以把它畫成半圓形；由太陽從地平線升起的景象演變而成的「旦」字，代表「一元復始」的意思；天上雲積而演變成「雨」字；「飛」字就像飛禽在飛翔的姿勢；一端小，另一端大，就成了「尖」字；人倚靠樹旁，取其休息的樣子而成「休」字；眺望遠處，橫手於眼上，就成了「看」字；古時女子多含蓄，所以「女」字很像嬌羞的樣子。凡此種種，實在不勝枚舉，由所示的附圖，就可見一斑了。

因為國字象形，所以有些字一眼看去，由它們的左右上下部首就可判斷它們的性質。例如有「木」部首的字大都與樹木有關，如松、柏、楊、柳、杖、板等；有「草」頭的大都與花草有關，如菊、蘭、荷、葉、芬、芳等；有「水」旁的大都與液體、流體有關，如江、河、湖、海、清、流等。把幾個國字連在一起，不但能達意，還能表現出更高的意境：例如當我們看到「春光明媚」，「鳥語花香」，「流水潺潺」，「白雲飄飄」，「綠草如茵」，「遠山含笑」的時候，腦海裏會很自然地浮現出一幅美麗景色的畫面。一個個的國字像一幅幅小小的圖畫，把一些小小的圖畫揉會在一起，就成了一幅美麗的大圖畫。國字使人容易產生聯想，因此，中國人的感情特別豐富，聯想力特別強，這或許和我們的國字有相連帶的關係吧？

國字不但具有象形的特徵，而且更具有勻稱和諧的特色。國字筆畫安排的原則是絕不頭重腳輕，成左偏右倚，而是重心居中，四平八穩、方方正正，表現出寬宏的氣魄和頂天立地的「骨氣」。在勻稱和諧裏，國字還隱藏著剛勁與柔和的「靈氣」，這種「靈氣」表現在它的一橫、一豎、一撇、一捺等筆畫中。看那輕舞的少女，常見其腿腳伸展成直線，姿態甚美，原來這像美腿的「乀」筆畫，恰似國字的一「捺」。

國字的筆畫排列，像國畫的布景一樣。看那畫中的山石松柏，小橋流水，人物亭宇，落雁歸舟，佈置得無一不剛柔相宜，安排得無一不勻稱和諧，放眼看去，但覺心清氣爽，悠然如神遊其中。的確，國字如畫，而畫如國字。國字顯示的精神像中國的治國之道，它所追求的理想是整體的「均衡」，個體間的「和諧」，上下一體，互相調和，絕不相互衝突，也絕不相互敵對。

美麗的國土才能孕育出優秀的民族，優秀的民族才能創造出優美的文字。國字是世界上最優美的文字，中華民族是世界上最優秀的民族。這個富有情感，富有聯想力的民族具有獨特的「骨氣」和「靈氣」，就像我們的國字一樣。我們不僅因身爲中華民族的一分子而感到自豪，更應當盡力把這種靈氣和骨氣發揚光大。

本文參考資料：西德《僑報》73 期〈漢字的聯想〉

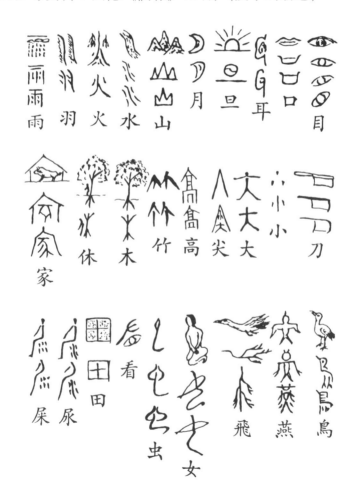

附錄二　　英文中的象形字

　　英文字屬於拼音文字，每一個字是由字母組成的，本無「象形」可言，但若要刻意去找，勉強能找出兩個字來。一個是 bed(床)，另一個是 eye（眼睛），如圖所示。還有一個「會意」字，請看 man（男人），woman(女人)。爲何女人(woman)比男人(man)多兩個字母 wo？是很耐人尋味的。談到象形字，國字的例子太多了，請看附錄一。

$$bed \implies bed\ 床$$

$$eye \implies eye\ 眼$$

附錄三　　惜　福

　　筆者教過的一個學生，他在學校的作文課程，將他讀過的名言佳句第 14 句，應用在題目為「惜福」的作文中。現在將他的全篇作文以及老師的評語整個錄在下面。

惜　福

　　從前有個窮小子，買不起鞋子，整天在那抱怨。有一天，他們村裡來了個少了兩隻腳的人，兩隻手撐著拐杖，行動非常不便。自從那窮小子看到了這個人後，就再也沒抱怨過了。

　　從故事中，很容易發現，那個買不起鞋子穿的人，他不惜福，可是自從他看到了一個缺腳的人後，頓時醒悟到——他有一雙腳已是夠幸運的了。由此，我們知道一個人是否能知足常樂，和他本人惜不惜福有很大的關係。

　　可惜的是，我們都不惜福，我們都不知道福在那裡，好像要找都找不到，要求也求不著。愚笨的我們竟然不知道，幸福正圍繞在自己身邊，甚至纏著自己不放——只是我們不知道而已。我們不知道，當我們呱呱墜地，吸到第一口空氣時，那就是福。因為那是我們成為「地球人」一員的開始。當我們擁有記憶、有理解力後，從自己壯碩的身上發現到了父母在小時候是如何的照顧自己；我們也很容易的從非洲饑民骨瘦如柴的身軀上發現，為什麼那也是福；身為中國人——是福。同學彼此之間互相認識——同樣是福。我們可曾想過，在全球四五十億人口中，為什麼偏偏我們是中國人？為什麼在十一多億炎黃子孫後代中，我們又是生長在臺灣的一群？又為了什麼我們都是同校人、同班人，又互相認識呢？除了有「緣份」外，全是因為我們有福氣。

　　一個人，若是惜福，他會對每件事情、事物加以珍惜，他會覺得每位同學除了有些小毛病外，都有他可取之處，他感到每天能來學校是福，甚至他覺得能聽到一些師長的嘮叨叮嚀也是福，他也感受到能把所想的事情以筆或以口表達出來是多快樂的事情，並深深的感覺到能在父母的呵護下，在安樂的社會中成長、茁壯，是最大的福氣。

　　我們都將體會到，我們生存在這個可愛的地球上，是多幸福的事，我們都該惜福。

　　老師給的評語是：
　　娓娓而述，侃侃而談，中肯切題，說得有理，寫得實在。